国家社会科学基金青年项目"德国早期浪漫派艺术哲学研究"(项目编号:23CZX068)阶段性成果
安徽师范大学中国语言文学高峰学科资助出版

Irony and
the Discourse of
Modernity
Ernst Behler

反讽与现代性话语:
从 浪 漫 派 到 后 现 代

〔德〕恩斯特·贝勒尔 —— 著

黄 江 ———— 译

上海三联书店

目 录

前言 — 001

缩写 — 001

01 当代思想中的现代主义和后现代主义 — 001

02 浪漫年代文学现代主义的兴起 — 041

03 古代和现代世界中的反讽 — 081

04 反讽与自我指涉性 — 125

译后记——"现代性的反讽话语?" — 172

前　言

本书源于1986年11月华盛顿大学的年度院系讲座，继而受华盛顿大学出版社之邀，扩展为它现在的样式。然而，尽管对讲稿有相当大的增补，原初的思路和论证都得到了保留。这些增补都是说明示例性质的，相较于在讲座有限的可能范围之内，力图更加充分地阐发特定的观点。

按照华盛顿大学院系讲座中的惯例，某人自己的研究主题将作为制定一项更宽泛旨趣议题的时机。[1] 在这一特定情形下，通过言说和写作关于得到反讽之名的事物，我试

---

[1] 译注：从事后来看，这一"更宽泛旨趣议题"的最终成果是作者于1997年在本书基础上大幅扩展而成的《反讽与文学现代性》(*Ironie und literarische Moderne*，Schöningh，1997) 一书。后者至今仍是"反讽"这一议题关键性的权威著作，但就国内目前而言，无论是德语学界，抑或是文艺学界，对此书都尚无充分的关注。相较之下，本书更像是《反讽与文学现代性》的简写本或引论。

着去探寻我们自身在历史中的定位，我们的现代性状况，以及我们与这个传统的关系这一系列问题。反讽当然不是在任何受限的字面意义上被理解的，而是在那种如今的人文和科学话语中的言外之意，迂回构型，以及间接交流的宽泛模式下被理解的。这一研究相当自然地导向了在本书当中被论及的名称和主题，而我想要将这一切更紧密地与我们当代的关切联系起来。

我将尽可能在引用外语资源时使用可获得的英译本，但始终对照原文。当没有合适的译文可用时，我会自行翻译。

恩斯特·贝勒尔

西雅图，1989 年 3 月

缩 写

下列缩写被用于本书当中：

AMT　Charles de Saint-Evremond, *On Ancient and Modern Tragedy*, in *The Works of M. de Saint-Evremond* (London, 1928), available in Scott Elledge and Donald Schier, eds., *The Continental Model* (Ithaca: Cornell University Press, 1970), 123—130.

AWS　August Wilhelm Schlegel, *Kritische Ausgabe seiner Vorlesungen*, ed. Ernst Behler with the collaboration of Frank Jolles, 6 vols. (Paderborn-Miinchen: Schöningh, 1989—).

BP　Blaise Pascal, *Oeuvres completes* (Paris: Gallimard, 1956).

CI   Søren Kierkegaard, *The Concept of Irony with Constant Reference to Socrates*, trans. Lee M. Capel(New York: Harper and Row, 1965). 中译本见《论反讽概念》, 汤晨溪译, 中国社会科学出版社, 2005。

CIS   Richard Rorty, *Contingency, Irony, and Solidarity* (Cambridge: Cambridge University Press, 1989). 中译本见《偶然, 反讽与团结》, 徐文瑞译, 商务印书馆, 2003。

CRF   Madame de Staël, *Considérations sur la Révolution franfaise*, ed. Jacques Godechot(Paris: Tallendier, 1983).

D   Jacques Derrida, "Differance," in *Speech and Phenomena and Other Essays on Husserl's Theory of Signs*, trans. David B. Allison and Newton Garver(Evanston: Northwestern University Press, 1973), 129—160.

DAM   Bernard Ie Bouvier de Fontenelle, *A Digression on the Ancients and the Moderns*, in The *Continental Model*, ed. Scott Elledge and Donald Schier(Ithaca: Cornell University Press, 1970), 358—370.

DM   Jurgen Habermas, *The Philosophical Discourse of Modernity: Twelve Lectures*, trans. Frederick Lawrence (Cambridge: MIT Press, 1987). 中译本见《现代性的哲学

话语》，曹卫东译，译林出版社，2011。

DP　John Dryden, "An Essay of Dramatic Poetry," in *Essays of John Dryden*, ed. W. P. Ker(New York: Russell and Russell, 1961), vol.1, 64—126.

E　*Encyclopédie ou dictionnaire raisonné des Sciences, des Arts et des Métiers, par une Société de Gens de Lettres*, 35 vols. and 3 vols. (Geneva: Pellet, 1777).

EM　Jacques Derrida, "The Ends of Man," in *Margins of Philosophy*, trans. Alan Bass(Chicago: The University of Chicago Press, 1982), 109—136.

FN　Friedrich Nietzsche, *Kritische Studienausgabe*, ed. Giorgio Colli and Mazzino Montinari, 15 vols. (Berlin: de Gruyter, 1980).

当可能时，下列尼采译文将被使用：

BT　Friedrich Nietzsche, *The Birth of Tragedy and the Case of Wagner*, trans. Walter Kaufmann(New York: Random House, 1967). 中译本见《悲剧的诞生》，孙周兴译，商务印书馆，2017；《瓦格纳事件·尼采反瓦格纳》，孙周兴译，商务印书馆，2016。

DB　Friedrich Nietzsche, *Daybreak*, trans. R. J. Hollingdale (Cambridge: Cambridge University Press,

1982）。中译本见《朝霞》，田立年译，华东师范大学出版社，2023。

GE　Friedrich Nietzsche，*Beyond Good and Evil*，trans. Walter Kaufmann（New York：Random House，1966）。中译本见《善恶的彼岸》，赵千帆译，商务印书馆，2015。

GM　Friedrich Nietzsche，*On the Genealogy of Morals：Ecce Homo*，trans. Walter Kaufmann and R. J. Hollingdale（New York：Random House，1969）。中译本见《论道德的系谱》，赵千帆译，商务印书馆，2018。

GS　Friedrich Nietzsche，*The Gay Science*，trans. Walter Kaufmann（New York：Random House，1974）。中译本见《快乐的科学》，孙周兴译，商务印书馆，2022。

HH　Friedrich Nietzsche，*Human，All Too Human. A Book for Free Spirits*，trans. R. J. Hollingdale（Cambridge：Cambridge University Press，1986）。中译本见《人性的，太人性的》，魏育青/李晶浩/高天忻译，华东师范大学出版社，2008。

TI　Friedrich Nietzsche，Twilight of the Idols：The Anti-Christ，trans. R. J. Hollingdale（New York：Penguin Books，1968）。中译本见《偶像的黄昏》，李超杰译，商务

印书馆，2013。

UM　　Friedrich Nietzsche, *Untimely Meditations*, trans. R. J. Hollingdale (Cambridge: Cambridge University Press, 1986). 中译本见《不合时宜的考察》，彭正梅译，商务印书馆，2023。

FS　　Friedrich Schlegel, *Kritische Ausgabe seiner Werke*, ed. Ernst Behler with the collaboration of JeanJacques Anstett, Hans Eichner, and other specialists, 35 vols. (Paderborn-Miinchen: Schoningh, 1958—2002).

当可获得时，下列版本的译文将被采用：

LF　　Friedrich Schlegel, *Lucinde and the Fragments*, trans. Peter Firchow (Minneapolis: University of Minnesota Press, 1971). 中译本见《浪漫派风格：施勒格尔批评文集》，李伯杰译，华夏出版社，2005。

CWFH　　Georg Wilhelm Friedrich Hegel, *Werke in 20 Bänden* (Frankfurt: Suhrkamp Taschenbuch Wissenschaft, 1986).

HL　　Richard Rorty, "Habermas and Lyotard on Postmodernity," *Praxis International* 4(1984):32—44.

HN　　Martin Heidegger, *Nietzsche*, trans. David Farrell Krell and others, 4 vols. (San Francisco: Harper and

Row, 1979—85). 中译本见《尼采》，孙周兴译，商务印书馆，2015。

M　　Jurgen Habermas, "Modernity-An Incomplete Project," trans. Seyla Ben-Habib, in Hal Foster, ed., *The Anti-Aesthetic: Essays on Postmodern Culture* (Port Townsend: Bay Press, 1983), 3—15.

OG　　Jacques Derrida, *Of Crammatology*, trans. Gayatri Chakravorty Spivak (Baltimore: The Johns Hopkins University Press, 1974). 中译本见《论文字学》，汪堂家译，上海三联书店，2024。

OL　　Madame de Staël, *De la littérature considérée dans ses rapports avec les institutions sociales*, ed. Paul van Tieghem (Geneva and Paris: Droz, 1959). 中译本见《论文学》，徐继曾译，人民文学出版社，1986。

PAM　　Charles Perrault, *Parallèle des Anciens et des Modernes en ce qui regarde les arts et les sciences*, ed. Hans Robert Jauß (Munich: Kindler, 1964).

PC　　Jean-François Lyotard, *The Postmodern Condition: A Report on Knowledge*, trans. Geoff Bennington and Brian Massumi, foreword by Fredric Jameson (Minneapolis: University of Minnesota Press, 1979). 中译本见

《后现代状态：关于知识的报告》，车槿山译，五南出版社，2019。

QC　Jurgen Habermas,"Questions and Counterquestions," in Richard J. Bernstein, ed., *Habermas and Modernity*(Cambridge: MIT Press, 1986), 192—216.

R　David Hume, *Of the Rise and the Progress of the Arts and the Sciences*, in *Essays, Literary, Moral and Political*(London: Ward, Lock, and Co., n. d.), 63——79. 中译本见《艺术和科学的兴起与发展》，载《休谟散文集》，肖聿译，中国社会科学出版社，2006。

SSP　Jacques Derrida,"Structure, Sign, and Play in the Discourse of the Human Sciences," in *Writing and Difference*, trans. Alan Bass(Chicago: The University of Chicago Press, 1978), 278—93. 中译本见《书写与差异》，张宁译，中国人民大学出版社，2022。

SW　Heinrich Heine, *Sämtliche Werke*, ed. Klaus Briegleb(Munich: Hanser, 1971).

TA　Jacques Derrida, *D'un ton apocalyptique adopté naguère en philosophie*(Paris: Editions Galilee, 1983).

1. 当代思想中的现代主义和后现代主义

在当今的批评和哲学论辩的支配性主题当中，追问是什么构成了我们现代性的特殊地位，似乎在范围和兴趣上与日俱增。关于各种现代性的指认，我们自身现代性的根源，时代划分，或我们知识模式中的范式转化的文献都在持续增长。当然，所有这些都反映了我们自身在二十世纪末的历史定位。然而，探索何为现代以及寻求现代主义的特征，与源自培根和笛卡尔的现代本身一样古老。对时间的反思意识与对自我确证的需求相结合，相当自然地伴随着现代贯穿其各个阶段。成为现代实质上意味着背离了过去的典范模式，偏离了观察世界的惯常方式，并且必须自行制定规范标准。这与对未来的开放相结合，其必然结果是构成现代性新起点的时刻将一再地不断产生自己。

自十七世纪末以来,在某种类型的半哲学、半文学的著作当中涌现出了这些考量。这些著作以现代性为主题,同时又展现出其悬而未决的性质。因为书写关于现代性,尤其是某人自己的现代性,是一种不可避免地生成历史的行动,并将现代性贬低到过去。没有任何直接的书写方式可以逃脱这一悖论。作为时间的最极端表达,现代性像是一条持续消耗自身的无尽熔丝。关于这一内在的悖论,尼采写道:"此在只不过是一种不间断的曾在,是一个依赖自我否定和自我消耗、自我矛盾为生的事物。"[1] 以一种只是貌似不同的思想转折,福柯宣称,去解释如今以及我们如今为何,将是哲学的任务。但他也建议,这样做的同时,不要将如今宣称为最大的诅咒时刻或黎明曙光的破晓时分,并补充道:"不,这是与其他每一天一样的日子,或者说是与其他日子完全不同的日子。"[2]

---

[1] Friedrich Nietzsche, "On the Uses and Disadvantages of History for Life," in Friedrich Nietzsche, *Untimely Meditations*, trans. R. J. Hollingdale(Cambridge: Cambridge University Press, 1983), 61. 中译本见"历史学对于生活的利与弊",载《不合时宜的沉思》,李秋零译,华东师范大学出版社,2007,页139。

[2] Michel Foucault, "Um welchen Preis sagt die Vernunft die Wahrheit?—Ein Gesprach," *Spuren-Zeitschrift fur Kunst und Gesellschaft* nos.1—2(1983):7.

1

正是从这些考量当中，后现代和后现代性的概念才得以诞生——这一概念由于它强化了的矛盾结构，对于人文学科当中我的一些同行而言，已然成了一种真正的烦恼。前缀后（*post*）似乎暗示了——诸如在后资本主义，后结构主义者，后女性主义者或后核时代——一个新时期，前一个阶段后的另一个纪元，可以说是对过去的一种解脱，并且由于缺乏一个新的名称，自我满足于取消前一个系统而没有完全删除它。但是，在后现代的情况下，这是行不通的，因为现代已经是最先进的时代名称并且无法过时。后现代性因而将其自身呈现为一种反讽概念，它通过迂回、构型和阻隔的方式，间接地传递了这样一种观念，即以一种直接且有意义的方式来讨论现代性状况的必要性和不可能性。后现代性以其扭曲的姿态，似乎是对这一悖论的意识，并且因而是以一种翻转的方式意识到了现代性的状况。

在当今的许多著作中，这似乎至少是该术语最普遍的含义。由此开始，后现代性似乎是一种态度，在其中现代性的麻烦、质疑和问题以一种前所未闻的方式积攒。这就解释了对先驱们的持续提及，诸如尼采或狄德罗这样的作者，他们在先前诸世纪里预见了后现代主义。后现代主义既不是对现代性的一种克服，也不是一个新纪元，而是现代主义的一种批判性延续，而现代主义本就兼有批判与批评。批判现在转向自身，后现代主义由此变成了一种激进的加强版现代主义，这似乎可以通过前缀后（post）中的某些细微差别来得到暗示。将后现代主义与先锋概念相比较，似乎证实了这一印象。因为先锋显然给予我们超越、前进、面向未来革新的想法，然而后现代主义的回顾态度似乎只是通过自我批判和自我怀疑涉及过去。

然而出于同样的原因，我们可以将后现代主义视为那样一种情况，在其中所有现代性的理想都已枯竭，这一阶段声称经历了形而上学的终结，哲学的终结和人的终结。但是，我们应该小心谨慎，不要将这些事件解析为一个新时期的开端，似乎我们以这样的范式来思考是不可避免的。因为如果后现代主义开启了一个观念史的全新阶段，关乎反现代主义或对现代主义的彻底超越，那么它将延续现代性的革新趋势，而这一点似乎被其名称的矛盾构型所排斥。表达这一特征的一个好办法是，正如怀疑对时代的历史命名一般，后现代主义思维对体系性的结构统一也表示怀疑。

从后一种视角来看，后现代主义是在全球历史哲学无所不包的意义体系或统一的知识基础的意义上，拒绝任何总体的真理概念。激发了后现代心态之物反而可以被描述为一种关乎无预设的思想和见解的激进多元主义，然而这种多元性和开放性状态将永远得不到充分实现。在既定情况下，可以确定的是话语的异质性和理论构造的易错性。从历史上讲，后现代主义与尼采的视角主义一道拒斥黑格尔主义，黑格尔的真理即大全的等式，以及他的整个目的论。描述后现代主义的另一种方式是通过符号学，即在我们的社会当中，能指与所指间的关系不再是完好无损的，因为符号并不指涉所指之物这样的既定实体，而总是指涉其他符号。我们因此永远无法达到事物的真正含义，而只能获得其他符号，关于其他符号的解释，关于解释的解释，从而我们沿着一条无尽的意指链前进。

我们可以试着说后现代主义保护着另一端的地位，即非体系的、女性的、被压迫的少数派的地位。尽管我们很快就会发现，任何指控性的批评若与一种意识形态批判的风格，甚至旧式自由主义传统的修正趋向相结合，将与后现代主义思想中的反体系和反极权的动力背道而驰。这样一种批判最终将被视为再现的体系和叠加的价值结构的标志。声称从克尔凯郭尔到萨特的现代思想传统，换言之存在主义，已经接榫了后现代主义中起决定性作用的无根基性和有限性,这同样令人怀疑。这将是一个错误的标准,因为在存在主义中所体验到的无根基性和有限性是一种缺陷,而在后现代主义中,这种体验是一种"快乐的科学[gaya scienzia]"。后现代主义肯定了在心情愉悦地自嘲和戏仿当中"怎么都行"(anything goes)的策略。书写是后现代主义的主要活动,但以手册或百科全书条目的形式书写后现代主义将会是自欺欺人。

将后现代主义的氛围局限在理论和哲学上,而没有认识到生活中其他领域的类似趋势,那当然是愚蠢的。建筑如若不是这场运动的起源,那么也是其最显著的表达之一。弗雷德里克·詹明信已经表明,在我们的城市或个别建筑的布局中,当代建筑的趋势消解了现代理性主义思维的基本关注。由于它们趋向于单纯的表面、表皮、皮肤,并且通过消除任何"深度"(例如在洛杉矶),这些建筑趋势抵消了现代阶段的建筑特征的传统模式,例如本质与表象的辩证模式,潜在与显现的精神分析模式,真实性与非真实性的存在主义模式,异化与和解的马克思主义模式,以及能指与所指的符号学模式。[1]

---

[1] Fredric Jameson, "Postmodernism, or the Cultural Logic of Late Capitalism," *New Left Review* 146 (July/August 1984): 53—92. See also Hal Foster, ed., *The Anti-Aesthetic: Essays on Postmodern Culture* (转下页)

1. 当代思想中的现代主义和后现代主义

在审美生活和审美生产的更普遍的领域中，这些趋势在艺术向大众社会和大众文化的扩展中找到了它们的对应物。在一个如今的著名形象中，阿多诺一度用奥德修斯航行穿越塞壬的领域来说明艺术的精英自治这一现代观念。[1] 他被绑在船桅上，便能够聆听宁芙们诱人的歌声，而不会屈服于她们诱使他死亡的企图，而他的变聋的水手们则将他渡过危险的区域。这至少是该形象的一个方面。在后现代与艺术的关系中，阶级分离被设想为得到了克服。然而，这项成就的代价是艺术水准降至大众文化的标准，通过生活的粗俗来吸收艺术。艺术不再是异质领域，不再能够举起镜子来指责。这种发展的一个特别显著的例子是后现代主义实践中的博物馆和对博物馆的享乐主义使用。博物馆最初是一个机构，是用来保存和展示原本无法幸存的艺术对象的庙宇，如今已成为后现代主义建筑，被商店和饭馆

（接上页）（Port Townsend: Bay Press, 1983）; and Heinrich Klotz, ed., *Postmodern Visions: Drawings, Paintings, and Models by Contemporary Architects*（New York: Abbeville Press, 1985）. 中译本见"后现代主义，或晚期资本主义的文化逻辑"，载《晚期资本主义的文化逻辑》，张旭东编，陈清侨等译，生活·读书·新知三联书店，2013，页346—407。

1　Max Horkheimer and Theodor W. Adorno, *Dialectic of Enlightenment*, trans. John Cumming（New York: Herder and Herder, 1972）, 32—34. 中译本见《启蒙的辩证》，林宏涛译，商周出版社，2023，页52—55。

所环绕，在其中根据经济标准对展品进行评估。计算机化数据可告知馆藏的展示能力，并规范其收购和出售。[1] 反过来再次按照"怎么都行"的策略，完全基于以利润为目的导向的活动，诸如广告，则装出毫无目的性的崇高的纯艺术（*l'art pour l'art*）态度。这种后现代主义的民粹形象与复杂理论和哲学问题交织在一起。它们出现在一系列文本中，这些文本以对理性与合理性的强烈批判为标志，对支配现代历史进程的那些价值和规范提出了令人困惑的质疑。

然而后现代主义是否具有一种特定的表达方式，或一个特定的领域，在其中后现代态度能够显示其真身，这仍然令人怀疑。非同一性，摇摆的差异性，似乎是后现代的表达模式，而后现代模式的存在领域恰恰是其随即不在之处。对于哲学家来说，后现代风格似乎在文学和批判理论中比在哲学中更严格地被给予，对于文学评论家而言，更多地是在建筑方面，对于建筑专家而言，也许是在广告方面，以此类推（延异）。后现代主义的原型难以定位，而且

---

[1] Christa Bürger, "Das Verschwinden der Kunst: Die Postmoderne-Debatte in den USA," in *Postmoderne: Alltag, Allegorie und Avantgarde*, ed. Christa and Peter Bürger (Frankfurt: Suhrkamp, 1987), 48—49.

1. 当代思想中的现代主义和后现代主义

总是被其他事物所超克。后结构主义被解构主义超克，而解构主义被所谓的新历史主义超克。对于后现代风格的作家来说，他们主题的模棱两可与某种表面性，乃至他们擅长的消遣主义，某种"贫乏的文字学"，一种越界携手并进。后现代的演讲被录制，后现代的文本被影印，后现代的书写被放到了文字处理器上。

2

让—弗朗索瓦·利奥塔 1979 年的《后现代状态：关于知识的报告》是最直接涉及这些问题的理论文本。[1] 从其标题可以明显看出，该著作本身并不意味着一个事件或后现代主义演变的原始时刻，而是作为对既定状况的评论，作为给魁北克政府的大学理事会报告，基于一项致力于"最高度发达社会的知识状况"的研究计划。该文本总结了过去十年中在后结构主义、解构主义和形而上学批判的名目

---

[1] Jean-Frantçois Lyotard, *The Postmodern Condition: A Report on Knowledge*, trans. Geoff Bennington and Brian Massumi, foreword by Fredric Jameson (Minneapolis: University of Minnesota Press, 1979). 对此文本的引用被称为 *PC*。中译本见《后现代状态：关于知识的报告》，车槿山译，五南出版社，2019。

下所发生的一切。然而，利奥塔也铸造了自此以来一直指导或挑战关于这些事件之讨论的术语和概念。其中最突出的是后现代一词，出现在一开始："我们的工作假设是：随着社会进入被称为后工业的年代以及文化进入被称为后现代的年代，知识改变了地位。"（PC，3）然而，通过将后现代的悖论概念与后工业的偶然含义结合使用，并在报告的语境中引入当代知识危机作为一种"叙事危机"，该文本本身就是一种成熟的后现代现象，具有这种风格所需的所有反讽姿态和构型。

利奥塔的后现代主义刻画具有多个方面，其中最直接的也许是一种知识转化的观念，甚至是一种"知识的商业化"（PC，26）。问题在于知识概念的根本改变，从实质上影响了它的本性。后现代阶段的知识标准是可翻译成计算机语言，可翻译成信息量（PC，23），由此知识作为心灵和人格的一种构造这一古老理想消亡了，并由一种关于供应商和用户，商品生产者和消费者的知识概念所取代（PC，24）。知识成为全球势力竞争中的主导（PC，26）。描述这种知识状态的另一种方式是说，后现代主义背离了任何总体性的合理化尝试，脱离了任何真理的最终基础。

这一诊断最著名的表述是利奥塔的说法，即在后现代主义中，人们不再相信"元叙事"。元叙事是那些全面且基础的话语，在其中所有知识的细节和人类活动都能找到最终的意义。这种元话语或元叙事的例子是宏大的古代，中世纪或理性哲学，柏拉图主义，或是例如伟大的人道宗教，最终团结的和谐融洽的乌托邦。利奥塔区分了神话的和理性的元叙事，甚至将人类历史的不同时期归属于二者。在前现代世界中，人们通过神话或宗教人物的叙述为自己的文化辩护，并基于对这些元叙事的信仰建立了所有机制、社会政治实践、律法、伦理以及思维方式。现代时期始于这些不再是神话或宗教的创始叙事，而是成为理性和哲学的，并且不是通过神或英勇的立法者，而是通过理性的权威来确保重要的规程。尽管它们的论证方式是理性的，但它们仍然是叙事，因为它们是通过一位有计划的奥德赛来赋予意义的，其具有救赎型的基础，诸如获得自由，逐步解放，全面的人格或完善的社会主义和福利。所有人类的现实都在这些观念中找到了坚实的基础。这些关于理性和现代秩序的元叙事的最佳例证对于利奥塔而言，就是精神辩证法，对理性或劳动主体的解放，释义学，或通过资本主义技术科学的财富创造。在某种程度上，黑格尔的精神辩证法包含所有这些叙事，因而可以被认为是思辨现代性的精髓。

简而言之，后现代主义面对这样的普遍元叙事时是不予采信的。它们并没有被驳斥，而只是变得过时了；它们不再履行赋予人类活动以意义的职能。它们也不再充当个别科学话语的基础，后者代之以遵循它们自己的规则，并将一个宏大的元话语分解成无数个别的语言，在各自的科学语境中的语言游戏和语言规则。利奥塔喜欢通过使用哈贝马斯的"合法性危机"（*crisis of legitimation*）概念来凝练这一特征，即权威的合法性正在崩溃，但是他将这一概念扩展到了远远超出任何国家、政府或制度化权力的范围，乃至一切凌驾性的权威与合法性都普遍衰退了。古典元叙事的作用可以被很好地描述为使所有特定形式的知识，所有个别的科学话语，那些正义且真实之物合法化（*PC*，33）。在这些元话语由于怀疑而被摒弃之后，知识的合法性问题又以另一种方式出现（*PC*，112），并且当然不能通过另一种形式的总体化，发明一种新的元话语来解决（*PC*，109）。

利奥塔认为，存在于个别科学中的个别的语言系统是社会存在所必需的关系类型（*PC*，56），并且他参考维特根斯坦，喜欢将这些话语称为语言游戏。他因而强调了在它们不同的表达方式和内在规则中的语用方面，但或许更重要的是，这些游戏当中的"对抗"性（*PC*，41）。规则本身并不具有合法性，而是依赖玩家之间的协定和共识。但是，就像下棋一样，每次新动作都会创造一个新局面（PC，40）。

然而我们应当留意，不要将利奥塔关于后现代阶段知识的报道，以及他关于一种宏大元叙事分解为多种个别语言游戏的论点，解析为后现代时期的新元话语。他明确否认自己的说法具有任何原创性或真理价值，并认为它最多只具有假设性，对于所讨论的问题具有策略价值，即能够强调某些方面（PC，31）。同样，我们不应该将这些前现代、现代和后现代时期视为可断代的或确切的时代划分，因为它们的内容和风格在时间上是重叠的。就像在前现代时期的作家那里能发现后现代怀疑论一样，前现代的神话和宗教的合法化类型也能够持续到后现代阶段。利奥塔所描绘的前现代、现代和后现代的合法化和非法化模式也许最好被视为理想型。然而，它们也具有明显的历史内涵，因为它们支配着历史时期。在这方面特别令人感兴趣的是现代和后现代风格之间的关系。利奥塔主张后现代的思维方式并不处于现代之后或与之相对，而是萦绕其中，尽管是以隐蔽的方式。以线性来思考历史是完全现代的，正如基督教、笛卡尔主义和雅各宾主义所论证的那样。带有军事色彩的术语"先锋"的消失预示了现代性的衰微，因为这个术语是老式现代性的一种表达，对此我们如今可以报之一笑。[1]

在1980年的一个带有纲领性标题"现代性——一项未完成的方案"[2]的演讲中——如今它已经是历史性的，但在随后的著作中进行了多次跟进——于尔根·哈贝马斯试图从其后现代主义诋毁者手中拯救现代性。他明确地将后现代性视为反现代性，试图牺牲"现代性的传统以便为一种新的历史主义腾出空间"（*M*, 3），一种"破坏历史连续性的无政府主义意图"，以及一种"反对所有规范的叛逆"（*M*, 5）。尽管这一文本着眼于"伏尔泰咖啡馆"中的达达主义者和超现实主义者的"审美现代性"（*M*, 5），但哈贝马斯还基于三个自主的理性领域（科学、道德和艺术）涉足现代主义更广泛的方面，这三个领域具有"内在逻辑"和它们自身的有效性：认知工具理性，道德实践理性和审美表现理性（*M*, 9）。鉴于十八世纪末的启蒙哲人为了丰富生活而区分了这些不同类型的合理性，二十世纪则通过将这些分隔的自主权放弃给专家们，因而使它们从日常交

---

[1] 这些观点中的一些被提及并被进一步发展于 Jean-Françcois Lyotard, *Le postmoderne explique aux enfants*（Paris: Les Editions de Minuit, 1986）.

[2] Jürgen Habermas, "Modernity-An Incomplete Project," trans. Seyla Ben-Habib, in Foster, *The Anti-Aesthetic*, 3—15. 对此文本的引用被称为 *M*。关于这一主题进一步的讨论参见 Richard J. Bernstein, ed., *Habermas and Modernity*（Cambridge: MIT Press, 1986）.

往中分离出来，从而粉碎了这种乐观主义。

对于哈贝马斯来说，这是现代性危机最全球化的方面。然而，从他的设问可以明显看出他对这个基本问题的态度："我们是否应当尽力坚持启蒙运动的宗旨，尽管它们也许衰弱了，还是应当宣布整个现代性方案为一场失败的事业？"（M，9）答案当然是拒绝后现代主义者的"对文化的虚假否定"（M，11），并维护哈贝马斯意义上的"交往理性"，即"价值和规范的再现与传播"（M，8）。他更直接地说："我认为与其放弃现代性并将其作为失败方案，我们更应当从那些试图否定现代性的过激规划的错误中学习。"（M，12）然而，哈贝马斯以一种难以理解的修辞手法，将所有针对现代理性类型的后现代批评者都标记为"新保守派"（M，6—7），并通过揭示法国批评者们目光短浅的特征，将所有他自己这代人当中如果不是相当年老的那些人，统称为"青年保守派"，并将其描述为一条"从乔治·巴塔耶经米歇尔·福柯到雅克·德里达"的路线。根据哈贝马斯的说法，他们宣称"揭示了一种从劳动和使用价值的律令中解放出来的去中心化的主体性，并凭借这种经验，他们走出了现代世界"（M，14）。正如哈贝马斯所见，这些作者以工具理性来并置"只有通过唤起才能获得的原则，无论是权力意志或主权意志，存在本身还是诗意的酒神力量"

(*M*, 14)。

这种非理性主义的形象当然和将后现代主义与保守主义画等号一样值得怀疑。相反，正是哈贝马斯对后现代主义的批判及其基础主义的动力，表明了他与关乎基本价值和基本规范的传统保守基础主义的自发同盟。因此，利奥塔把对哈贝马斯的回应命名为"写给孩童的后现代主义"，并将其展现为一种由编辑收在一起的信集，这些编辑想要保护作者免受"非理性主义、新保守主义、知识恐怖主义、头脑简单的自由主义、虚无主义和犬儒主义的责难"。[1] 大体上，这些信件表明我们似乎已经进入了一种"放松阶段"。许多症状表明了这一点，例如，名誉思想家（即哈贝马斯）的著作，希望通过开放经验的统一之路来捍卫现代性未完成的方案，以反对新保守派。在利奥塔的后期著作中，尤其是在《异识》中，[2] 他抛弃了任何将后现代主义解析为一种全新的生活和思想方式的尝试，并消除了任何渐进的、革命的、乌托邦的或无政府主义的痕迹，也即是，

---

[1] Lyotard, *Le postmoderne explique aux enfants*, 3. The first section, "Answering the Question: What Is Postmodernism?" is included in English translation in Lyotard, *The Postmodern Condition*, 71—82.

[2] Jean-Frantçois Lyotard, *Le differend* (Paris: Les Editions de Minuit, 1983). See also his "Grundlagenkrise," *Neue Hefte fur Philosophie* 26(1986):1—33. 中译本见《异识》，周慧译，上海文艺出版社，2022。

他的早期著作当中可能依旧带有的关于后现代主义的现代概念。[1]

3

哈贝马斯在回应后现代对理性与合理性的批判时，所做的主要工作是建构一种新的解放式理性的元叙事，它试图拨乱反正，同时也赋予法国批评者们适当的地位。他承认主要是莱茵河另一侧的挑战促使他在同名书中重构了"现代性的哲学话语"。[2] 在这种新的元叙事中，哈贝马斯从日耳曼中心的视角动员了整个现代哲学。这部史诗的英雄是康德、黑格尔、马克思和哈贝马斯。他们的诋毁者构成了从浪漫派到尼采、马拉美、达达主义者、福柯和德里达的"路线"。霍克海默和阿多诺正中他们下怀，但二者通过从瓦尔特·本雅明那里接受了一种称为"无望的希望"的

---

[1] 尤见于 Jean-Frantçois Lyotard, *Derive a partir de Marx et Freud* (Paris: Union generale des editions, 1973)，以及那个文本中的"欲望革命"（désirévolution）概念。

[2] Jürgen Habermas, *The Philosophical Discourse of Modernity: Twelve Lectures*, trans. Frederick Lawrence (Cambridge: MIT Press, 1987). 对此文本的引用被称为 *DM*. 中译本见《现代性的哲学话语》，曹卫东译，译林出版社，2011。

态度，从而使得自己与彻底的怀疑论区分开。马克斯·韦伯关于诸如科学、道德和艺术等价值领域有着独立逻辑的主题，提供了这个叙事的结构，而其内容是现代性对于自我确证的不懈追求。

这场现代精神之旅的开端是康德，他"将理性置于最高的审判席上，在其面前任何宣称有效性之物都必须进行辩护"（DM，18）。通过他的三大批判，康德将理性细分为理论理性（纯粹理性批判）、实践理性（实践理性批判）和审美判断（判断力批判），从而为哲学与形而上学、道德与法律，以及美学与诗学这三个文化领域建立了专门的法庭。这样一种划分使得所有这三个领域都建立在它们自己的理性基础上。然而康德并未将这些区分视为完全不同的轨道，彼此之间没有任何关联的"分离"。因此他只是引入了现代精神，这对哈贝马斯来说是受到了对更深层的基础，一种"观念的内在形式"的需求的启发，这种基础完全源自现代性精神，而不是从外部施加于它（DM，19—20）。我们因此必须转向黑格尔，实际上正是他第一个将现代性的分离从创始和外部规范提升至哲学问题的水平（DM，16）。对"现代性的自我确证（self-reassurance）"的需求随着他而达到这样一个高度，以至于它成了"他自己的哲学之根本问题（fundamental problem）"（DM，16）。黑格尔发现

1. 当代思想中的现代主义和后现代主义

了现代性的原则是一种"自我关系的结构",一种人类所有潜能的充分利用,并称其为主体性原则(*DM*,16)。

按照主体性原则,现代世界的所有自治领域似乎都集中在一个焦点上。然而,黑格尔的"绝对知识"概念仍然被主体性所环绕,并且不再允许从任何外部立场对主体性进行批判(*DM*,34)。黑格尔的绝对概念具有根据其自身原则来理解现代性的优势(*DM*,36),但该解决方案不能完全令人满意,因为对主体性(现代性)的批判可以"仅在主体哲学的框架内进行"(*DM*,41)。这种哲学化消弭了现代性的内在张力,并且不能完全满足对于自我确证的需求。因此现代性的不安和动荡在其伊始就将这一概念引爆了(*DM*,41)。

黑格尔的门徒从黑格尔理性概念的重负当中解放了对现代性的批判(*DM*,53),但仍旧保持了关于现代性的自我确证的任务(*DM*,58)。马克思将反思的概念转变为生产的概念,并用劳动代替了自我意识(*DM*,59)。伴随着尼采及其追随者,一种新的话语进场了,不再想要坚持现代性批判中的理性原则,而是从理性的手中夺过批判,并且攻击了"'理性批判'这一短语中的主格"(*DM*,59)。从现在开始,无论在该传统中假定的哲学名称为何——基础存在论(海德格尔)、批判或否定辩证法(阿多诺)、解构（德里达）或系谱学（福柯）——这些化名对于哈贝马斯而言都只是"不足以掩饰哲学终结的幌子"（*DM*，53）。伴随着其所谓的"反人本主义"，该传统对于哈贝马斯及其现代性话语构成了"真正的挑战"。在哈贝马斯得以研究"这一挑战的激进姿态背后隐藏着什么"之前，他必须对其父亲般的人物霍克海默和阿多诺所代表的反理性类型进行一场近距离的审视。

这样一次检视显得尤为重要，因为当代法国的尼采解释所带来的混乱的情绪和态度，与霍克海默和阿多诺所召唤出的那些十分相似，而哈贝马斯想要"阻止这种混乱"（*DM*，106）。与他们的法国对应者在理性批判上形成鲜明对比的是，这两名法兰克福学派代表的特殊标记是他们使用了本雅明的"无望的希望"，或他们自己的"当今概念化的悖谬劳动"（*DM*，106）。换言之，他们只是充分意识到"工具化"理性，系统化概念思想的强制以及乌托邦式的和解借口所造成的伤害。然而他们在他们思想的结构模式中保持了黑格尔的整全性，通过将其缺席和不可实现性哀叹为一种缺乏、遗失、缺陷，而不是像在后结构主义者和后现代思想当中那样，当作恰当的人类处境。他们忍受这种情况，并且依靠坚持通过理性来进行理性批判，而不屈从于前理性、超理性或超主体的态度——但根据哈贝马斯的

1. 当代思想中的现代主义和后现代主义

说法，这无论如何都是非理性的，像尼采及其法国追随者们所做的那样陷入了神话——从而增加了他们的苦难。

哈贝马斯声称，对神话的抵制之于霍克海默和阿多诺是如此强烈，以至于在他们对启蒙的批判当中构成了核心动机（参见霍克海默与阿多诺的《启蒙辩证法》）。事实上，这种批判可以被概括为神话和启蒙的"秘密共谋论"，因为"神话已然是启蒙"而"启蒙又回到了神话"（*DM*，107）。这种"纠缠"的首要例子是荷马的《奥德赛》，霍克海默和阿多诺将其解释为"主体性的原史"（*DM*，108），这是黑格尔《精神现象学》史诗般的预言。这个"起源神话"描绘了解放的双重含义，"源于"即是"背井离乡时不寒而栗，逃出生天时长吁口气"。"奥德修斯的狡猾"代表了现代心态，即通过提供替代的受害者来收买复仇力量的诅咒（*DM*，108）。塞壬们的歌声使奥德修斯回忆起"曾经由'与自然的交流'所保障的幸福"，但他只有"作为一个已经知道自己被禁锢的人"才有这种体验（*DM*，109）。同样，现代的启蒙进程并没有导致解放，而是在一个依靠"魔鬼般的物化和致命的疏离之诅咒"的世界上。对于霍克海默和阿多诺，启蒙的永久标志是"对于对象化的外部性和被压抑的内在性的支配"（*DM*，110）。

用不那么富于形象的语言，我们可以说，对于霍克海默和阿多诺，启蒙的结果之于科学是一种单独基于技术实用性的工具理性类型；之于道德和法律，伦理怀疑主义无法区分道德和不道德；而之于美学，大众文化则将艺术与娱乐融为一体（*DM*，111—112）。总而言之，理性被剥去了所有的"有效性宣称并被等同于纯粹的权力"（*DM*，112）。然而，对于哈贝马斯来说，霍克海默和阿多诺的"工具理性批判"是一种对文化现代性的惊人提升，的确没有公正对待韦伯曾经说过的"价值领域的顽固分化"（*DM*，112）。哈贝马斯指的是"不断推进科学的特定理论动力"，民意形成和个体认同形成中的"法律和道德的普遍基础"，以及"基本审美经验的生产力和爆发力"（*DM*，113）。《启蒙辩证法》因而是一本"奇书"，是霍克海默和阿多诺所著的"最黑暗的书"，并且"我们不再分有这种心态"（*DM*，106）。哈贝马斯声称，考虑到这些作者所描绘的关于解放的荒凉空虚，读者能够正确地感受到这种均质化的陈述"没有注意到文化现代性的本质特征"（*DM*，114）。

为了说明霍克海默和阿多诺的极端主义，哈贝马斯集中于他们对理性的批判的一个方面，即意识形态批判。自马克思以来，意识形态批判通过揭露据说免于任何神话圈套的理论构造中的残余神话成分，而继续了现代性的启蒙和自我确证的过程（*DM*，115）。意识形态批判曾经特别成功地揭示了"权力和有效性不被容许的混合",并首次曾经使得启蒙理性完全反映出来,即呈现于它自身的产品——理论（*DM*,116）。意识形态批判从来没有完全否定它的主题,而是能够破译被误用的观念"隐匿于自身的一则现存理性",或者说是"剩余生产力"（*DM*,117—118）。有了霍克海默,尤其是阿多诺,意识形态批判达到了"二级反思",并转而针对它自身的基础（*DM*,116）。批判变得全面,没有保留任何可以作为标准的事物。阿多诺充分意识到"全面批判中固有的表述性矛盾",但也深信我们必须留在它的范围内（*DM*,119）。

哈贝马斯认为,对于"批判攻击了它自己的有效性前提"的一种选择,是尼采和福柯关于权力意志的学说。这种选择在其回溯性上突破了现代性的视野,并且作为理论是无底的,因为在权力诉求与真理诉求之间的任何区分都被悬置了（*DM*,127）。霍克海默和阿多诺的选择是回避理论,并"在特定的［ad hoc］基础上施行明确的否定",坚决反对在一种"无约束的怀疑主义"中对理性与权力的任何融合（*DM*,128—129）。哈贝马斯自己的解决方案,正如他反对霍克海默和阿多诺一样,"是要保留至少一个完整的理性准则,为了他们解释所有理性准则的败坏"（*DM*,127）。这个标准可以在"研究者的交往团体""中介思维"

"辩论话语"中找到，并且本质上是"更好论证的非强制性力量"（*DM*，130）。然而，很难理解，这种交往的辩论话语的原则何以逃脱了哈贝马斯如此生动地谴责的对基本标准、规范和价值的"全面"批判。通过坚持这一批判原则并宣称一个论点比另一个"更好"，哈贝马斯似乎打破了批判话语，并将他自己及其追随者们置于那些就是知道更好论点之人的立场上，或是借用黑格尔《精神现象学》中的话，置于那些知道自己是知道的人中间。[1]

4

总结论辩，我们可以说哈贝马斯竭尽全力重申了理性启蒙和进步的现代立场，而利奥塔则径直跨到了一个后现代阶段，在其中这种担忧被简单地报之一笑。理查德·罗蒂基本就是这样来看待两派立场的。哈贝马斯坚持关于解放的元叙事，将对绝对主义的怀疑标记为相对主义；而利

---

[1] C. W. F. Hegel, *Phenomenology of Spirit*, trans. A. V. Miller(Oxford: Oxford University Press, 1977), 409. 中译本见《精神现象学》，先刚译，人民出版社，2013，页414，黑格尔原文为第6章结尾："它显现为神，显现在那些知道自己是纯粹知识的我中间。"

奥塔则乐于相对主义、历史主义和较小的叙事,认为没必要将它们置于一个绝对的基础上。罗蒂说:"指责有关相对主义的后现代主义,就是试图将一种元叙事放进后现代的口中。如果人们将'持有一种哲学立场'等同于拥有一种可行的元叙事,那么他们就会这样做。如果我们坚持这样一种关于'哲学'的定义,那么后现代主义便是后哲学的。但改变定义会更好。"[1]

然而罗蒂绝不只是在利奥塔的怀疑论后现代主义一边采取他自己的立场。他自己与哈贝马斯的总体基础主义和利奥塔的含混犬儒主义都同样保持了距离。他代之以主张一种实事求是的,关于小解决方案的实用主义,不过,相关的决定可以被看作是后现代姿态的一种新颖而有趣的构型。他在福柯、利奥塔等人所说的新法国叙事中所反对的,与其说是这些文本所隐含的关于科学的天真形象(HL,33),[2]或是对现代社会的"自我确证"这一德国叙事的隐秘迷恋(HL,39),毋宁说是一种与任何人类和社会的关注完全脱节,恐怕是冷漠的观察态度,不动声色的写作,

---

[1] Richard Rorty, "Postmodernist Bourgeois Liberalism," *The Journal of Philosophy* 80(1983):589.

[2] Richard Rorty, "Habermas and Lyotard on Postmodernity," *Praxis International* 4(1984):32—44. 对此文本的引用被称为 *HL*。

在这些文本中缺乏使用"我们"的公式，而且在这种风格当中没有任何关于解放的修辞（HL，40）。对于罗蒂来说，这是一种"疏离"，让人回忆起"保守派向改革的希望浇冷水，喜欢以未来的历史学家的眼光来看待他的同胞们的问题"（HL，41）。相较于哈贝马斯似乎受到了基础主义狂热的鼓舞，而这些法语文本则散发出一种"干涩"，这种干涩也远离任何类型的"具体的社会工程"。罗蒂当然同意利奥塔的看法，"对跨历史主体的交往能力的研究对于加强我们对我们共同体的认同感没有多大作用"，但他仍然坚持"这种感觉的重要性"（HL，41）。

至于在其他所有标准都被破坏了之后，哈贝马斯需要将"交往能力"作为理性批判的一个有效标准，罗蒂认为这并不能真正解决问题。据他说，"美丽新世界（Brave New World）的公民无法从理论上摆脱他们的幸福奴隶制"，因为他们所感到的一切都是理性的或"未被扭曲的交往"，已然符合他们的欲望。罗蒂说："除了证明我们的生活不是一场梦之外，我们无法向我们自己证明我们不是这种快乐的奴隶。"（HL，35）他尤其感到好笑的是哈贝马斯对于科学的"内部理论动力"的信念，这被认为推动了它们"超越了技术上可利用的知识的创造"；他认为这与其说是"理论动力"，倒不如说成"社会实践"，源自"欧洲资产阶级的社会美德"或仅源自"理论好奇心"。这种观点将使科学摆脱一种"非历史目的论"的虚假表象,并使得现代科学看起来更像"某些人所发明的产物,同样这些人在同样的意义上可以说曾经发明了新教、议会制和浪漫诗"(*HL*,36)。

至于科学、道德和艺术这三个文化领域,以及在一个共同基础上实现它们统一的需求,罗蒂认为这些是由于过分重视康德和黑格尔所造成的伪问题。然而一旦人们开始这样划分,克服分裂就将作为"基本的哲学问题"困扰着人们,并导致"一系列无止境的还原论和反还原论的举动":

> 还原主义者将努力使一切科学化("实证主义"),或政治化(列宁),或美学化(波德莱尔、尼采)。反还原主义者将展示出此类尝试遗漏了何物。成为"现代"类型的哲学家恰恰就是既不愿意让这些领域简单地无竞争地共存,也不愿将其他两者缩减为剩余的一者。现代哲学在于永远重新调整它们,将它们挤压在一起并迫使它们再度分开。但是尚不清楚这些努力对现代产生了多少好处(或就此而言,坏处)。(*HL*,37)

从这些观察结果可以明显看出,罗蒂将哈贝马斯置于现代阵营，并赋予他自己一种后现代的立场。然而，他的后现代主义超越了只是针对元叙事的怀疑主义，而扩展到了生活和思维的艺术中的实践态度，诸如理论上的好奇心，或"公民美德的智识类似物——宽容、反讽以及愿意让文化领域蓬勃发展而不过于担心它们的'共同基础'"，等等（*HL*，38）。他认为哈贝马斯"正在隔靴搔痒"（*HL*，34），而后者的现代哲学故事"既太过悲观也太过德国了"（*HL*，38—39）。罗蒂会以一种不同的方式来安排现代故事，并将其解析为例如"持续试图摆脱那种以康德将文化分为三个'价值领域'为典范的历史结构"（*HL*，39）。但他也不会以法国方式来讲述他的故事，以那种福柯和利奥塔与之关联的枯燥方式，即完全脱离了任何对人类的兴趣，以及与我们共同体的任何认同（*HL*，40—41）。

罗蒂的故事类型正好可以假定为两种叙述的结合形式。这个故事不会以德国的方式揭露"被称作'意识形态'的权力，以不是由权力所创造的名为'有效性'或'解放'之物的名义"，而只是以法国的方式来解释"当前是谁为了何种目的正在获取和行使权力"。但与法国的叙述不同，罗蒂的故事还暗示了某些其他人如何获得权力并"将其用于其他目的"（*HL*，41—42）。"未经扭曲的交往"的价值将被清晰地认识到，但不需要"交往能力理论作为后盾"

(*HL*，41)。之于罗蒂，安排故事的另一种方式是将"从笛卡尔到尼采的典范哲学家序列"的重要性降至最低,并将这种传统视为一种"对具体社会工程史的干扰,正是这项工程使得当代北大西洋文化成为如今其所是"。罗蒂还建议基于一种"对新的社会、宗教和制度可能性的认识",而非"在形而上学和认识论中发展出一种新的辩证纠缠",来创建"新的典范"(*HL*，41)。"那将是一种哈贝马斯与利奥塔之间两全其美的折中方式",他说,"我们可以既同意利奥塔说我们不需要更多的元叙事,又同意哈贝马斯说需要少一些冷漠"(*HL*，41)。不过罗蒂的后现代主义最好依照约翰·杜威的哲学来呈现,他严肃地采纳了"杜威认为,再度赋魅世界,带回宗教曾给予我们先祖之物的方式,在于坚持具体事物"(*HL*，42),并且他总结说:"那些想要美好的社会和谐的人,想要一种后现代主义式的社会生活,在其中社会作为一个整体,在不操心给自己奠基的情况下维护自身。"(*HL*，43)

哈贝马斯在对这种批评的回应中并没有超出他已经采取的立场,并且尽管认识到现代"离散话语的多元化"(*QC*，192),[1] 他依旧坚持"理性的统一,即便只是在程序

---

[1] Jürgen Habermas,"Questions and Counterquestions," in Bernstein, *Habermas and Modernity*,192—216. 对此文本的引用被称为 *QC*。

的意义上",及至于一种"超越的有效性,宣称超出了仅仅是局部的语境"(QC,193)。在对"未来决议"的期望中,不同的意见得以表达(QC,194)。哈贝马斯在这些论证中的基础是区分"有效的和被社会接受的观点,良好的论证和那些仅在特定时间对特定受众成功的论证"(QC,194)。对他而言,采取是非的立场比承认"只要求影响力的观点"(QC,195)还重要。毋宁说,对哲学有一种基本的兴趣,是因为哲学作为"理性捍卫者"的角色,将社会的正当性实践视为"不仅仅是这样的实践"(QC,195)。在为哲学保留"论及单一合理性之可能"的同时,哈贝马斯还想要一种"交往理性的概念",不以后现代的方式屈服于"对理性的全面自我指涉的批判",无论是"从海德格尔到德里达"还是"从巴塔耶到福柯"。他在"日常交往实践"(QC,196)中发现了这类合理性,并相信"被启蒙所动摇的宗教传统的社会整合力量,可以在理性的统一创造力中找到等价物"(QC,197)。

从后现代方式对理性的激进批判来看,这些论证当然比论证性的真理更加令人满意,或者哈贝马斯认为更加令人满意。然而,为了给出这些思想的更多轮廓,我们应该补充指出哈贝马斯的"理性的统一创造力"不应在稳定的、理想的、先验的,或其他任何可识别且可对象化的在场形而上学原则的意义上来理解。交往理性通过交往伙伴之间的基本差异，通过无止境的论证和反驳论证来表明自身，并且不导向持久永恒的结果。换言之，理性的一致创造力持续地创造自身而从未完全实现。交往理性以其对有效性的诉求而超越了当下，但是这种超越从来没有被绝对地完成，而是永久地自我更新。真理的出现被无限推延。尽管存在所有这些延期和推迟，我们仍未摆脱黑格尔主义。理性和真理仍然是核心基础，并且结构性和历史性地决定了社会话语。哈贝马斯以这种思维模式重申并继续了"现代性方案"，同时又将后现代性的领地留给了罗蒂和其他人，然而，他并非没有警告这是一个充斥着表述矛盾和自我指涉陷阱的危险的哲学领域。

5

后现代主义的其他支持者在老化、衰弱和自然死亡的有机图像中看到了现代性的终结。让·鲍德里亚将这一过程描述为导致完全漠然的巨大的意义丧失，在这种状态下，重复的过度增长已取代了面向新事物的创新活力。"我们确实处于超越之中"，鲍德里亚说：

想象力在掌权，就像启蒙和智识一样，我们现在或不久的将来将要经历社会的完美。万事俱备，乌托邦天堂已然降临人间，曾经以华美视角彰显之物，如今显得像是慢镜头中的灾难。我们已经品尝到了物质天堂的致命滋味。而在理想秩序的一种异化表现时代，透明性如今以一种同质而恐怖的空间形式得以实现。[1]

瓦蒂莫（Gianni Vattimo）以更加学术的方式将"现代性的终结"视为"本体论的衰落"，是对诸如主体、存在或真理等原则的侵蚀。他试图为晚期现代的和后现代的存在类型提供一种生活艺术，这些存在类型不诉诸任何终极性和在场，而将这些安慰推迟得尽可能遥远。对于这种存在方式的灵感来自对尼采在《人性的，太人性的》一书中的风格的非常个人化的挪用，或是一种海德格尔对于向死而生的理解。[2]

---

1 Jean Baudrillard, *Les stratégies fatales* (Paris: Grasset, 1983), 85. 中译本见《致命的策略》，戴阿宝/刘翔译，南京大学出版社，2015，页 99。
2 Gianni Vattimo, *Al di la soggetto* (Milano: Feltrinelli, 1985) and *La fine della modernita* (Milano: Feltrinelli, 1985). 中译本见《现代性的终结》，李建盛译，商务印书馆，2013。

1. 当代思想中的现代主义和后现代主义

尽管他不使用诸如现代主义和后现代主义之类的术语，因为它们具有决定性、约束性的特征，但后现代写作及反思的风格，后现代思考的反讽模式在雅克·德里达的著作中得到了最好的体现。在此，现代性的终结，或者更好的表述是，对现代性的无限超越，不是通过声明来宣布的，而是通过述行书写和间接交流来施行的。以下是一些随意的言论，这是德里达对后现代主义最直接的陈述，但总的来说并非他的典型风格："如果现代主义通过争取绝对的统治来脱颖而出，那么后现代主义也许就是其终结的陈述或经验，终结这一统治计划。"[1] 然而，人们应始终牢记，对于德里达来说，多元主义、多义性和差异性既不意味着丧失统一性（过去的历史），暂时的缺乏连贯性也无法被克服（未来），而是语言性本身的特征（当下），因此可归因于历史上的所有时期。后现代主义的现象因而被提升到了真正的理论和哲学高度，而对理性的批判，后现代主义的决定性标志，不是从暂时的视角或某些学科的观点出发，而是作为一种真正的哲学任务来进行的。

在德里达的各式文本中，也许没有什么比他的小作品

---

[1] Jacques Derrida and Eva Meyer, "Labyrinth und Archi/Textur," in *Das Abenteuer der Ideen: Architektur und Philosophie seit der industriellen Revolution* (Berlin: Austellungskatalog, 1984), 94—106.

"论哲学中近来的启示论调"[1]对于他的后现代写作和后现代思想更具典范性。这部文本不能被简化为后现代辩论，但肯定能阐明它的几个方面，尽管是以一种完全间接随意的方式。这是德里达的回应，他的反讽腔调令人放下戒备地促成了一场致力于其作品的研讨会，或更准确地说，致力于他涉及"人之终结"的立场。[2]

人之终结是当代思想中的一个突出主题，与主体的消亡、主体性的消失紧密联系在一起，而主体性是现代性对自我确证的最终要求中的最后一个基本原则。似乎我们的知识结构、道德、社会和政治活动，以及审美创造和享乐的最终基础，即人类的现实和先验主体性，都被卷入了一种令人困惑的质疑，并且似乎是由超个体和超主体的权力星丛所预定的。这些预定贬低了对于完全次要的实体而言似乎是首要的主体性原则，这是在时代的话语构造中的附带影响，是对世界的预定审视，这个世界是在符号、话语、机制和典范的移动系统中由预先建立的序列所编码的。那种批判性的怀疑，即人类的标准对于更大范围的评估可能

---

[1] Jacques Derrida, *D'un ton apocalyptique adopté naguère en philosophie* (Paris: Editions Galilee, 1983). 译文是贝勒尔自己的，对此文本的引用被称为 *TA*。

[2] *Lesfins de l'homme à partir du travail de Jacques Derrida: Colloque de Cérisy, 23 juillet-2 août 1980* (Paris: Editions Galilee, 1981).

不是终极实在，与尼采抛弃"拟人化"观点的冲动携手并进，并超越了仅仅以人为本的"人性的，太人性的"风格的价值判断。正是基于这样的考虑，福柯在《词与物/事物的秩序》（*Les Mots et les Choses/The Order of Things*）末尾提出了他关于抹去消失之人的著名短语："如同大海边沙滩上的一张脸。"[1] 后现代思想的其他主题都没有比这一人之终结的宣告引起过更多的愤慨。

在对"终点"这个词的两个含义，"目标"和"死亡"的一种微妙构型中，德里达通过他的标题"人的终点"所暗示的，很可能是人达到其终点的终结（目标、目的地、标的、期限），而这又有多重含义：他的完成、他的目的[telos]、他的自我克服、他的废除、灭绝和死亡。[2] 谁能否认这项终极使命呢？一些现代最伟大的哲学家，黑格尔、胡塞尔、海德格尔，更不用说尼采了，都深深地沉浸在这个想法当中，但也证明了这项事业的不可实现性，思考和体验人之"终结"的必要性和不可能性。在这种基本思想

---

1   Michel Foucault, *The Order of Things: An Archaeology of the Human Sciences*(New York: Random House, 1973), 387. 中译本见《词与物》，莫伟民译，上海三联书店，2016，页 392。
2   Jacques Derrida, "The Ends of Man," in *Margins of Philosophy*, trans. Alan Bass(Chicago: The University of Chicago Press, 1982), 109—36. 对这一文本的引用被称为 *EM*。

中，思考界限与思考目标总是相互纠缠，并揭示了一个更基本的事实，即"人的名称总是被铭写在这两个终点之间的形而上学当中"（*EM*，123）。的确，德里达继续说道，在这种双边意义上的人之终结，在西方"一直以来"都被"关于存在的思考和语言"规定着，并且"该规定除了在目的［telos］和死亡的把戏中调控终点（end）的模棱两可以外没有做任何事情"（*EM*，134）。为了充分发挥这种相互作用，德里达建议通过以下方式来阅读这一序列，即通过在所有意义上来使用一切语词："人的终点是关于存在的思考，人是关于存在之思的目的，人之终结是关于存在之思的终点。"作为一个事后的想法，他补充说："人，一直以来，都是其正当目的，即他的正当性的终点。存在，一直以来，都是其正当目的，即它的正当性的终点。"（*EM*，134）

这种关于人之终结的双边立场引发了针对同一主题的会议，当时德里达发表了题为"论哲学中近来的启示论调"的演讲，他不得不将他关于目的［telos］和终结［Thanatos］的反讽提升至更高的强度上，如今就包含了他自己关于哲学的启示录般的末世论调。[1] 在这一标题下的文本戏仿

1　See Derrida, *D'un ton apocalyptique*, and *The Ends of Man*.

1. 当代思想中的现代主义和后现代主义

了康德 1796 年的论文"论哲学中一种新近升高的口吻",在其中康德抗议哲学界当中背离了逻辑和论证的推理方式的作者,后者宣称通过一种超自然的启示,通过一种"末世论的秘仪"来接近真理。康德特别留心的作者是施洛泽(Schlosser)和雅各比(Jacobi)。施洛泽以其神秘主义和宗教狂热而闻名,他从同时代的人那里获得了"德国的新俄耳甫斯"之名,并被称为"俄耳甫斯圣贤的预言之声"。雅各比因其反对先验观念论风格的推理方式而臭名昭著。由于他试图通过内在自我的即刻启示来补充哲学思辨,即通过个人暗示无中介地接近真理,他的哲学,预示了克尔凯郭尔,被称为"飞跃哲学",对于某些人来说,这当然是进入神性深渊的致命一跃[Salto mortale]。[1]

康德采取了理性启蒙的态度,即"科学领域的警察"(*TA*,31),来反对这些作者,以及反对在他的时代以诗歌和非理性论据的方式来装点哲学的其他人,并且告诫人们不要通过这样的僭越使得一切真正的哲学被阉割、泯灭乃至死亡(*TA*,21)。诸如施洛泽和雅各比等作家通过将他们自己视为特权精英,并拥有一些只有他们自己能够揭示的玄妙秘

---

[1] Friedrich Heinrich Jacobi,"Open Letter to Fichte, 1799," and "On Faith and Knowledge in Response to Schelling and Hegel," trans. Diana I. Behler, in *Philosophy of German Idealism*, ed. Ernst Behler (New York: Continuum, 1982), 119—157.

密，从而将他们自己置于人类共同体之外（*TA*，28—29）。这些作者将"理性的声音"与"神谕的声音"相对（*TA*，30）。他们相信哲学的工作是无用的，只要听一听自己内心的神谕就足够了（*TA*，32）。康德借用他的对手所使用的启示性词汇，将他们描述为"如此接近智慧女神，以至于他们察觉到她的长袍沙沙作响"，或"使伊希斯的面纱变得如此之薄，以至于人们可以猜出它下面的女神"（*TA*，44）。

德里达无需持续地指出，就充分表明康德在他的时代关于"秘教徒"和哲学之死的说法可以很容易地应用于我们当代涉及后现代性的作者们。德里达以某种方式模仿了康德的文本，但也戏仿了它，从而使之变形（*TA*，17）。一方面，他似乎采取了一种态度，即以理性启蒙之名告诫我们要反对所有真正哲学的消亡，但另一方面，他对于这样一种努力的可信性表示严重怀疑。这些怀疑甚至源于这个故事在其中被提出的总体框架，即启蒙运动。我们立即被提醒注意启蒙时代（siècle des lumières）的整个结构，都建立在试图去揭示或发现，而启蒙运动的伟大丰碑《百科全书》，刻有一幅描绘揭示真理的卷首插画。[1] 我们甚至

---

1 译注：即著名的揭开"伊西丝的面纱"的意象，这一意象代表了人类通过理性得以揭示热爱隐藏的自然。相关研究可参见皮埃尔·阿多，《伊西丝的面纱》，张卜天译，华东师范大学出版社，2019。

1. 当代思想中的现代主义和后现代主义

可以认为，像现代性的自我确证般严肃的方案可能是由于像揭开伊西丝的面纱般轻浮的欲望而产生的。德里达并未深入这些更广泛的方面，而是与康德一道指出令人战栗的惊奇之声，不过是被批判为秘教徒的秘密，这也同样激发了康德的道德律（*TA*，36），即他的整套话语，也许是每句话，都位于启蒙和秘教的两侧，而这也适用于我们自己的现代性（*TA*，53）。

像康德一样，德里达似乎承担着一项任务，即去魅关于一种即将到来的终点的大领主腔调，并保持理性启蒙的警惕态度。他似乎受启发于一种"澄清和揭示的欲望，去魅或者，如果你愿意的话，解构启示话语本身，以及与之有关的一切想象，结局的迫近、神的显灵、基督再临和最终审判的推测"（*TA*，64—65）。然而这种解构必须动员大量且多样的解释策略，并且没有第二步就永远无法发挥作用，在这种情况下，第二步涉及启示论调本身的最佳细节（*TA*，66）。德里达专注于任何启示话语的原型，即圣约翰的《启示录》，发现了这些经文的一个本质特征："人们不再十分清楚谁在启示录中向其他人传递自己的声调，人们不再十分清楚谁对谁传递些什么。"（*TA*，77）绝对无法确定人类是"这台无尽计算机的终端"。然而，出现的问题是，是否这种"天使结构"，这种没有确定始终的对其他引用之引用，通常并非书写的情景。德里达问道："启示论难道不是所有话语，甚至所有经验，所有标记或痕迹的先验条件吗？"（*TA*，77—78）去魅的任务因而是将其自身揭示为双重的。一方面，它是启蒙式的任务，且无限地如此这般（*TA*，81）。另一方面，解构式的去魅仍然对启示话语中的特征保持开放，这种话语超越了本体论、语法、语言学或语义知识的领域（*TA*，93）。

这个领域例如在启示"来临"（erkhou，veni）中打开，它既不来自也不将其自身传递给一个可识别、可验证、可判定或可推导的裁定。正是在这里，我们收集了关于启示录的"真相"："一个没有启示的启示录；一个没有想象、没有真理、没有揭示的启示录，没有信息和终点，没有可判定的寄件人和收件人的遣送（因为'来临'本身是复数的），传递……"（*TA*，95）更尖锐地说，对于这类想法是没有机会的，即在最终的启示话语当中揭示最终真理。但什么是这个真理的"真相"，启示的"真相"呢？正是在此，在违反交流限制的情况下，后现代的思维和写作开始通过迂回、间接、构型和反讽的交流来运作。

2. 浪漫年代文学现代主义的兴起

　　现代性的精神似乎与培根、笛卡尔和帕斯卡尔在 17 世纪强有力地建立起的科学进步观念密不可分。对于培根而言，诸如火药、指南针和印刷术等机械领域的发明与发现已经带来了地理视界如此多的变化，以至于今人与古人相较有一个优势地位。由于当下不能合法地从传统中衍生出来，那么传统的权威就被搁置起来，使真理成为时间而非权威的女儿。[1] 正如可以被注意到的那样，现代性的精神最初暗示了一种自我展现的强烈表达，以反对古代人压倒性的优势权威。然而，这种自我确证最先也最容易在科学领

1　Francis Bacon, *Novum Organon*, ed. Thomas Fowler (Oxford: Clarendon Press, 1899). 中译本见《新工具》，许宝骙译，商务印书馆，1984。

域取得成功。

1647年,帕斯卡尔写下他关于空间的论文前言时,已经放下了他早先对古人的崇敬,并在证据和实验说服他时,就爽快地抛弃了诸如对真空的恐惧[horror vacui]之类的科学原则。[1]他不再把古人的结论作为自己研究的目标,而是作为超越过去的手段,并且他相信科学知识很容易实现持续增长和无限完善(*BP*,532—534)。但榫接在这篇论文中的关于进步与完善性的观念,仅与严格意义上的科学有关,就此术语基于理性和实验而言(几何、算术、音乐、物理和医学),而不涉及那些诉诸记忆和权威的研究(历史、地理、法学、语言学和神学)。鉴于后一种类型的研究知识是有限且可以被完善的,但是科学可以持续增长且无限完善(*BP*,529—531)。仅就科学而言,帕斯卡尔比古人占了上风,并向他的同时代人保证:"我们的视野更加宽广……我们所看到的比他们更多。"(*BP*,532)

涉及艺术、文学和诗歌,想象力和主观品位的产物时,进步和现代性的限定甚至更加明显。进步与完善性仍然是哲学、科学和技术的特权,被排除在艺术领域之外。迟至18世纪,进步与完善性的观念才进入美学领域。关于科学

---

[1] Blaise Pascal, *Oeuvres complètes* (Paris: Gallimard, 1956). 对此文本的引用被称为 *BP*。

2. 浪漫年代文学现代主义的兴起

和艺术的历史地位,理性和想象的领域,欧洲古典主义和启蒙运动表现出了鲜明的对立。科学似乎涉及无止境的进步,而艺术被认为总是以周期性的运动返回正确标准和适当规范的位置,它们曾经在衰败和野蛮的时期脱离了这些标准。

这种假设的显然的哲学原理是相信哲学和科学与真理和自然一样无限,而诗歌和艺术则具有某种完美点,这取决于人类不变的本性,人们无法超越它们。在这个意义上,我们在《百科全书》中读到:"品位的基本规则在各个时代都是相同的,因为它们源于人类心灵的不变属性。"[1] 直到这一原理被抛弃,艺术像科学一样被纳入无限进步的过程中之后,我们才能在此术语的完整意义上谈论现代性,并认识到这种新局面所涉及的所有后果和问题。

1

因此,在浪漫主义时代之初和十八世纪末,诗歌、文

---

[1] *Encyclopédie ou dictionnaire raisonné des Sciences, des Arts et des Métiers, par une Société de Gens de Lettres* (Geneva: Pellet, 1777), vol.2, 608—611.

学和艺术首次在人类历史上被视为持续进步的过程，在西方历史的那个阶段，似乎可以为一种充分发展了的现代感划定历史分界线。这似乎是古典主义最决定性的中止，以及现代意识最令人印象深刻的体现。鉴于文学史和艺术史上古典的周期性运动概念将诗歌的产生限定在一个无法超越的完美点上，而完善性的概念则为诗歌的自由创新设定了航向。正如人们可以轻松意识到的那样，新的诗歌概念的所有决定性特征都与无限完善的概念紧密相关：诗歌是一种创造性的而非模仿性的表达，诗人的天才和想象力，以及为了历史性地改变并发展出一个体裁而悬置关于体裁的等级系统。甚至读者理解文学的行为也被囊括进了无限完善的过程。这一决定性的步骤大约在同一时期的欧洲各个国家发生。现在古今之争似乎在诗歌领域也由今人取得了胜利，现代性的时代似乎已经真正开始了。

人类历史的其他领域的许多事件似乎与这一休止符互相印证。最明显的是1789年的法国大革命，它构成了欧洲社会和政治生活的关键转折点，并且与浪漫主义的诞生有着密切联系；这是一场文学领域的根本变动，并且与古典主义传统彻底断裂。对于许多批评家来说，浪漫主义只是这场发生在十八世纪末的剧变的另一种表达，法国大革命是其在政治和社会领域中最显著的体现。哲学可以被增添

2. 浪漫年代文学现代主义的兴起

为当时全新方向的进一步证据。康德在其 1787 年的《纯粹理性批判》第二版的序言中，描述了他作为哲学中的哥白尼式转变而引入的新的哲学思辨方式，即作为从感知对象到感知主体的视角转换。[1]支持他学说的学生们很快就宣布了康德的革新是一场哲学革命，并在他的思想中看到了与法国大革命的对应，这是表征他们时代的普遍动荡的另一种表达。因此十八世纪末似乎至少被三场革命所标记，即政治的、文学的和哲学的，它们为了一种现代事态，在各自的情境中克服了旧秩序和旧制度。[2]

然而将艺术和诗歌的立场毫无保留地设定在现代性的一边，在它们所代表的这一部分存在根本性的抵制。我们注意到历史学家那部分同样不愿为现代主义指定一个确切的时期。即使一个划时代的突破有如此多的迹象和同时期的见证，我们对于给现代主义的开始定出一个准确日期仍然产生犹豫。一方面，我们倾向于将现代主义的真实出现推迟到一个更充分地表达其本质之时。按照这种倾向，我

---

[1] Immanuel Kant, Philosophical Writings, ed. Ernst Behler, foreword by Rene Wellek(New York: Continuum, 1986), 6—7. 中译本见《纯粹理性批判》，韩林合译，商务印书馆，2022，页 19。

[2] 译注：弗·施莱格尔在《雅典娜神殿断片集》216 号中写道，法国大革命、费希特的《知识学》和歌德的《迈斯特》，是这个时代最伟大的倾向。参见拉巴尔特/南希，《文学的绝对》，张小鲁/李伯杰/李双志译，译林出版社，2012，页 89。

们将现代主义的开始日期从十七世纪，它的科学表现，提升到十八世纪末，在不同生活领域里的现代革命；从那时到十九世纪末，对现代思想的批判和自我批评有一种与日俱增的觉醒；然后也许在二十世纪末达到我们自己的位置时，"后现代"态度的兴起可以很好地被解释为现代精神的顶点。然而，在相反的趋势下，我们倾向于将现代主义的开端推进到更早的时期。如果我们在欧洲理性主义的新科学的自我意识中认出了现代态度的出现，我们可以援引同样的理由将宗教改革作为这样一个新起点，或是文艺复兴所带来的创新，甚至是与 1200 年有关的末世期望，或者也许是经由基督教的崛起而脱离古代世界。

　　在此类事件中，所有文化领域之间缺乏一致性的经验，也滋长了对划时代突破的划一日期的怀疑。我们在历史上遇到的毋宁说是不同生活领域（诸如科学、宗教、哲学、政治、文学和艺术）发展中的非连续性和多元性。出于所有这些怀疑论的保留态度，我们将尝试着更近距离地观察现代心智发展的一个特定阶段和特定领域：浪漫主义，更具体地说，是在文学和批评理论领域。对于现代主义和现代性的矛盾态度似乎在文学和批判思想中比在任何其他文化分支中都显得更为尖锐。

2

在所谓的古今之争［querelle des anciens et des modernes］，古人与今人之间，古典艺术的拥护者和现代风格的支持者之间著名的争论中，可以注意到古希腊人和古罗马人在文学、诗歌和艺术创作领域里对于现代欧洲人的巨大优势发生逆转的最初迹象。这是十七和十八世纪欧洲的一次显著的核心辩论，主要在法国和英国进行，后来也在德国进行，对于形成现代意识和显著的文学现代性感受而言，这是真正基础性的。受路易十四时代的伟大，及其诗人拉辛和高乃依的卓越之启发，或深信莎士比亚独特的戏剧才能，圣埃弗雷蒙德和佩罗、德莱顿、蒲伯和约翰逊等评论家试图动摇古希腊和古罗马模式的压倒性重量，并赋予现代以自信和拥有其自身风格的权利。如今人们试图证明现代不仅已经超越了亚里士多德的《物理学》，而且也创造了哲学家的《诗学》所不知道的艺术美。迄今为止，主要在哲学和科学中运用的进步和完善的观念也被用来考量诗歌和艺术。然而，与之形成鲜明对照的是，对于科学而言，进步的观念在当时是一个得到确立的范畴；而文学和艺术，或想象力和品位的领域，直到十八世纪，都一直由一种不变的人性观所决定。

这种暧昧感甚至在这场争论的现代支持者中也很明显，并且似乎表达了在文学作家和文学评论家当中对于直率且蓄意地现代化的基本抵制。一种现代化的态度似乎暗示了一种反古代或反古典的立场，现代态度的代言人则试图通过赋予他们的论点一种结构，一种双重含义及模糊表达来规避这种印象。丰特奈尔就是这种双边现代性的一个恰当例证。他在1688年的《关于古人与今人的题外话》中声称，整个古今孰优问题都可以归结为"去知晓过去曾在乡村看到的树木是否比如今的树木高"，并认为"如果我们的树木与以前的那些一样高，那么我们也可以比肩荷马、柏拉图和德摩斯梯尼"（*DAM*, 358）。[1] 他认为，如果古人处于比我们更有利的位置，那么"脑力在那时会被更好地安排"，就像树木会更高更美一样。然而，实际上，"自然手头的某种黏土总是相同的"。然而尽管几个世纪以来"人类之间没有任何自然差异"，但不同的气候以及其他外部环境却有所差别，这在诸国家的不同特征中显而易见（*DAM*, 360）。

与科学和哲学相反，雄辩和诗歌对于丰特奈尔只需要有

---

[1] Bernard Le Bouvier de Fontenelle, *A Digression on the Ancients and the Moderns*, in The Continental Model, ed. Scott Elledge and Donald Schier(Ithaca: Cornell University Press, 1970). 对此文本的引用被称为 *DAM*。

限数量的思想，并且主要取决于想象力。这些艺术的完善因而可以在"几个世纪之内"实现（*DAM*，363）。一旦我们确定古人已经达到了完美点，那么他们便是不可超越的，然而，我们不应该从那里得出"他们无法比肩"的结论（*DAM*，365）。不过，这种平等并不容易衡量。希腊人与罗马人相比似乎略逊一筹，正如罗马人与希腊人相比更加现代（*DAM*，364）。人类似乎是永不衰老的生物（*DAM*，366—367）。丰特内尔认为，有一天，他自己的时代，即路易十四时代，将成为希腊人和罗马人的同代，即古代（*DAM*，368）。如果这个世纪的伟人对后代有宽容感，他建议，"他们会提醒以后的时代不要过分赞美他们"（*DAM*，369）。换言之，丰特奈尔虽然是现代人，但他相信古今之间存在着基本的平等（*DAM*，360），并且说："我想将自然描绘为手持天平，就像正义那样，以表明她如何几乎平等地衡量自己在人类当中所分配的一切，幸福、才能，不同社会地位的利弊，与心理事物相关的难易。"（*DAM*，368）

在古今之争的英文版中，这种精致而复杂的现代主义的最好例证也许是德莱顿的《戏剧诗集》（1668 年出版，1684 年修订）。[1]四位机智而文雅的对话者在驳船上沿泰晤

---

1 Essays of John Dryden, ed. W. P. Ker(New York: Russell and Russell, 1961). 对此文本的引用被称为 *DP*。中译本见《论诗剧》，赵容普/吉砚茹译，商务印书馆，2024。

士河漂流时，进行了一场重要的讨论；该讨论很快集中于戏剧领域中古今之间的差异，不仅包括法国的剧院，也包括英国戏剧的发展，从博蒙特、弗莱彻和琼森到莎士比亚。在讨论者当中，我们很快发现德莱顿（Neander）的声音。他在莎士比亚的戏剧当中看到了一种新的文学精神，不再以规则和礼节为基础，而是以生活、幽默、激情和"机智"的充盈为基础，并称赞莎士比亚为"荷马，或我们戏剧诗人的父亲"。然而当他们在萨默塞特梯道（Somerset Stairs）登陆上岸时，这四个朋友还没有就任何事情达成一致，但是每个人都表达了自己的说法和回应，并表现出了他对相反论点的开放态度。德莱顿后来通过提及柏拉图对话中的论证方式，强调了赋予这段对话以生气的怀疑反讽意味。他说："根据苏格拉底、柏拉图和所有古老学者所使用的推理方式，我的整个话语都是怀疑论的"，并且他补充说，"你会看到这是由不同见解的人所进行的对话，他们全都留下了疑虑，有待一般读者来决定"（*DP*，124）。

在悲剧领域的批评家当中更容易发现对古人的优越感。例如，佩罗毫无保留地偏爱高乃依和拉辛的悲剧，而非希腊人的那些。他认为，古人像他自己的时代一样，知道七个行星和大量恒星，但不知道行星的卫星或此后发现的大

2. 浪漫年代文学现代主义的兴起

量小星球（*PAM*，2：29—30）。[1] 同样，他们知道"灵魂的激情，但不了解与之相伴的小情小境的亲和力"。由于解剖学已经发现了有关人类心脏的新事实，已经溢出了古人的知识，因此道德知识也包括了古人不知道的偏好、厌弃、欲望和嫌恶。佩罗相信有可能在他的时代的作者的著作当中指出——在他们的道德论著、他们的悲剧、他们的小说和他们的修辞著作当中——在古人那里付之阙如的众多微妙情感（*PAM*，2：30—31）。

这是十七世纪批评中与文学现代性话语密切相关的基本论点。圣埃弗雷蒙德，也许是这场关于悲剧的辩论中令人最坦率的拥趸，他在1672年的《古今悲剧》中宣布，亚里士多德的《诗学》与其《物理学》一样过时。正如笛卡尔和伽桑狄曾经发现了不为亚里士多德所知的真理一样，高乃依也创造了"亚里士多德所不知道的舞台之美"（*AMT*，171）。[2] 他相信如果这种类型中最好的古代作品——例如，

---

[1] Charles Perrault, *Parallèle des Anciens et des Modernes en ce qui regarde les arts and les sciences*, ed. Hans Robert Jauß (Munich: Kindler, 1964). 对此文本的引用被称为 *PAM*。

[2] Charles de Saint-Evremond, *Oeuvres en prose*, ed. Rene Ternois (Paris: Didier, 1969), vol.4, 170—84. 译文来自 Pierre Desmaizeaux, *The Works of M. de Saint-Evremond* (London, 1928), available in Scott Elledge and Donald Schier, eds., *The Continental Model* (Ithaca: Cornell University Press, 1970), 123—130. 对此文本的引用被称为 *AMT*。

俄狄浦斯王（Oedipus Rex）——用与原文相同的力量译成法语，我们会意识到"世界上没有什么东西对我们而言更加残酷，更与人类本应具有的真实情感相对立"（*AMT*，182）。丰特奈尔在其1688年的《关于古人与今人的题外话》中主张索福克勒斯、欧里庇得斯或阿里斯托芬的最佳作品也比不上路易十四时代的悲剧和喜剧，并且"没有什么比过度赞美古人更能限制进步，狭隘心灵的了"（*DAM*，368—369）。甚至古人的首要拥趸布瓦洛，都承认路易十四时代已经看到了不为亚里士多德所知的戏剧艺术创新，但他修辞性地质问他在这场争论中的主要对手佩罗，他是否可以否认"高乃依是从李维、狄奥·卡西乌斯、普鲁塔克、卢坎和塞内卡那里习得了他最好的笔触"，或"莫里哀在普劳图斯和泰伦斯那里学会了他的艺术最大的精妙之处"。[1]

在十八世纪，关于法国古典悲剧具有显著优势的信念大为增加。伏尔泰在其1748年的《论古今悲剧》中宣称，如果一个人没有意识到"法国的舞台凭借表演艺术、发明和无数特别的美好而在多大程度上超越了希腊"，这将显得十分缺乏判断力。通过用历史代替希腊神话，并通过引入

---

[1] Nicolas Boileau-Despréaux, *Oeuvres complètes* (Paris: Gallimard, 1966). 译文来自 Boileau, *Selected Criticism*, trans. Ernest Dilworth (Indianapolis: The Library of Liberal Arts, 1965), 55。

政治、野心、嫉妒和对爱的激情作为剧院的主要元素，法国悲剧对于伏尔泰而言，实现了对于自然更加真实得多的模仿。[1] 古代悲剧与现代悲剧之间的另一个重要区别可以在狄德罗的 1751—1772 年百科全书中找到。悲剧条目的作者采纳了丰特奈尔的《诗学反思》（1742）中已经发展出的一个思想，根据不幸的两种不同来源进行了分类，一种来自我们自身之外，而其他则来自内部（E, 33:840）。[2] 古代悲剧被描述为完全基于外部原因："命定、众神之怒或他们毫无动机的意志——一言以蔽之，就是命运。"（E, 33:841）在现代体系中，悲剧不再是一幅人类作为命运奴隶的灾难画面，而是其自我激情的图画。悲剧行动的核心已被置于人类心中。至少高乃依所创作的现代悲剧就是这种情况。在文艺复兴之后，正是他发现了悲剧事件的新源头，与希腊悲剧所绑定的传说中的历史大为不同。有了这个发现，"现代欧洲意识到了它自己的悲剧类型"（E, 33:845）。

不过即使是那些在文学和诗歌中明确假定今人优于古人者，也拒绝将进步和完善的观念运用于这一领域。他们

---

[1] 作为其 1748 年的悲剧《塞米勒米斯》（*Semiramis*）的序言出版。引自 *Oeuvres complètes de Voltaire*（Kehl: De l'Imprimerie de la Société Littéraire Typographique, 1785), vol.3, 357—391。

[2] *Encyclopédie*（Geneva: Pellet, 1772), vol.33，这一条目被归于马蒙泰尔（Jean-François Marmontel）。对此文本的引用被称为 E。

之所以不情愿，只是因为他们不再将他们自己视为标志着路易十四时代的文学和艺术蓬勃发展的一部分，而是已经处于从这一完美点衰退的阶段了。然而，这一衰退的原因被归结为"理性的增长以牺牲想象力为代价"。[1] 佩罗想到了这一发展，这使他很高兴，"那些将要追随我们的人不会有太多值得羡慕之事"（*PAM*, 1：99）。伏尔泰称路易十四时代是"天才时代"，与之相比，"当代只能谈论天才"。[2] 狄德罗把他自己看作是一位诗人，他的哲学切断了他的琴弦。[3] 在1767年的《沙龙》中，他写道："旧的道路被崇高的模范所占据，人们无望与之比肩。某人写诗；某人发明新流派；某人变得奇异、古怪、矫饰。"[4] 这些考量伴随着对语言起源的推测，根据这种推测，一种想象的语言起源的最初阶段是具体的、隐喻的和诗意的，而随后的阶段是

---

[1] 参见 René Wellek, "The Price of Progress in Eighteenth-Century Reflections on Literature," *Studies on Voltaire and the Eighteenth Century* 151—155(1976), 2265—2284。

[2] Voltaire, "Défense du siècle de Louis XIV," *Oeuvres complètes*, ed. Louis Moland, 52 vols. (Paris: Garnier, 1877—1885), vol.28, 338. 中译本见《路易十四时代》，吴模信/沈怀洁/梁守锵译，商务印书馆，1996，页483。

[3] Frans Hemsterhuis, *Lettre sur l'homme et ses rapports: Avec le commentaire inédit de Diderot*, ed. Georges May (New Haven: Yale University Press, 1964), 85.

[4] Denis Diderot, *Salon* (1767), ed. Jean Sznec and Jean Adhémar, 3(1767)(Oxford: Oxford University Press, 1963), vol.3, 336.

2. 浪漫年代文学现代主义的兴起

无趣的、造作的、抽象的和哲学的。

对这一主题最机智且最有趣的处理方式可能是大卫·休谟在1755年发表的论文《艺术和科学的兴起与发展》(*Of the Rise and the Progress of the Arts and the Sciences*)。[1] 在这篇关于进步的讨论中,休谟将艺术与科学联系起来,并反讽性地意图将它们的公共地位从单纯的自然周期性发展提升到理性与进步的层面。他在此意图中埋伏的问题是,艺术和科学的兴起与发展是源于"机缘"还是"原因",这当然意味着"缘由之物"是不可思议且自然而然的,而"由原因所产生之物"是合乎情理且可以理解的。然而,只要这种进步被更仔细地检视,由休谟所确立的艺术和科学的发展与完善性看似牢固的基础便荡然无存了。这在其论文的四个公式化的"观察"原则中显而易见。他的第一个观察是"任何民族若无福首先享有一个自由的政府,那么,其艺术与科学便不可能勃兴"(*R*, 66)。接下来的观察加强了这一点,并指出"几个相邻的独立国家,被商业和政治政策联系在一起,这是最有利于文明与科学勃

---

[1] David Hume, *Essays*, *Literary*, *Moral and Political* (London: Ward, Lock, and Co., n.d.), 63—79. 对此文本的引用被称为 *R*。中译本见"艺术和科学的兴起与发展",载《休谟散文集》,肖聿译,中国社会科学出版社,2006,页180—207。

兴的条件"（R，68）。然而，第三点在统一发展方面遇到了一些困难，因为"共和制国家最适于科学的生长，而文明化的君主制国家最适于高雅艺术的生长"（R，71）。第四，最终，公式化的进展陷入了僵局，继而宣称："当某一国家的艺术与科学一旦臻于完美，从那一刻之后，它们便会自然地（或者说必然地）开始衰落，而极少或永远不能在其繁荣过的那个国家复兴。"（R，78）

3

因此很明显，当经典文学创作模式被涉及无限发展过程的诗歌概念超越并代替时，就必然会出现一个全新的诗歌概念和一种根本性的新现代感。这一决定性步骤大约在同一时间发生于欧洲各国，标志着浪漫主义的发端。这些作者将无限完善运用到艺术上，从而创造了一种全新的观念，即文本参与了思想的发展，并与文学参与其中的社会生活处于最活跃的交互之中。的确，如果我们要描述那种在十八世纪末欧洲浪漫主义当中表现出来的文学现代性的特征，我们大概会得出这样的结论：正是准备好了假定艺术，尤其是诗歌，具有无限的可变性和易变性。

2. 浪漫年代文学现代主义的兴起

　　无限完善也表达了这些早期浪漫派对于法国大革命的反应。从这个意义上说，无限完善的想法在他们的著作中表现为某种困惑的解释、迷惑的感叹或是歉然的回应，由那些曾经对革命投入了他们的全部期望者所发，他们被其始料未及的过程所震惊，现在试着弄清似乎与完善性相悖的一系列事件。奇怪的是，由于革命失败了或看起来已经失败了，曾经作为革命意识之动力的思想被置于最终，被延缓为最后的安慰或辩解。这种态度与这样一种努力密切相连，即试图将法国大革命视为失败的事业，但通过政治以外的手段挽救了它的财产，即人性的解放，并且也许比政治手段更为有效且持久。这种将革命转变为一场人性普遍的和哲学的解放，是当时所有欧洲国家的浪漫派的主要尝试，并解释了文学现代性在浪漫主义年代中自我表现出的基本特征。在此我们正开始对法国大革命进行批判性反思，这也许构成了对这一事件最重要的回应。这些反思与浪漫主义年代兴起的现代精神，以及人类无限完善的观念密不可分。然而这一概念与其在十八世纪的特定表达截然不同。在那时无限完善和现代主义体验伴随着失落感，伴随着忧郁、反讽和遗憾，伴随着一种"尽管"的态度，即伴随着与启蒙运动的自信期望相矛盾的情绪，但却形成了浪漫主义心态不可或缺的一部分。

就革命的爆发而言，斯塔尔夫人尽管那时还很年轻，但在解开这一事件的各种原因方面也许比其他任何人都更有条件。她对之最直接的表述当然是她的《法国大革命》，[1]但从广义上讲，她的全部作品都可以看作是对大革命的回应。然而，在最直接意义上试图为理解大革命提供一个视角的文本是她1800年的《论文学》，其确以人类心灵的完善性为中心主题。[2]且不论其在历史学上的明显缺陷，这本书在计划上具有相当大的革命性，就此而言与之提出答案的事件相对应。从完善的角度来看待文学，这无疑是古典主义的决定性悬置，也是即将到来的浪漫主义革命令人印象深刻的一种体现。凭借这种理论，斯塔尔夫人不仅在古今之争中宣布自己是今人的拥趸，而且还揭示了现代文学欣赏中本质的新特征。这些包括对灵魂的柔情的培养，对人心复杂性的更微妙的知识，对人际关系中女性的尊敬，以及文学与当时的哲学和社会制度的深远互动。如果人们将十七世纪的作家，大多耽于"精神乐趣（les

---

[1] Madame de Staël, *Considérations sur la Révolution française*, ed. Jacques Godechot(Paris: Tallandier, 1983). 对此文本的引用被称为 *CRF*。

[2] Madame de Staël, *De la littérature considérée dans ses rapports avec les institutions sociales*, ed., Paul van Tieghem(Geneva and Paris: Droz, 1959). 对此文本的引用被称为 *OL*。中译本见《论文学》，徐继曾译，人民文学出版社，1986。

plaisirs de l'esprit）"（*OL*，271），与十八世纪的作家相比较，斯塔尔夫人认为，人们就会看到对于政治自由能够在文学中创作这一巨大变化的期待，接着这个问题就会浮现于脑海："但在一个心灵具有真实力量的政府当中，天才能够获得何等权力？"（*OL*，288）

《论文学》的第二部分正是聚焦于这个问题。在将法国大革命介绍为"智识世界的新纪元"之后，斯塔尔夫人继续探讨"一个伟大的国家，一个开明的国家的文学特征，在其中自由和政治平等得以确立，而道德与其制度相协调"（*OL*，291）。更准确地说，斯塔尔夫人充分意识到当"关于语言、礼节、见解的鄙俗"得以证成，革命在许多方面带来了品位和理性的倒退（*OL*，293）。涉及恐怖时，她认为应将这个可怕的时刻视为"完全超出了生活事件所限的范围，是一种既无法解释也不应产生的无规律的怪异现象"（*OL*，293）。她的《法国大革命》形象地描绘了那时已然变得闻名的罪行。关于 1793 年 5 月 31 日吉伦特禁令之后的一段时期，她写道："似乎像但丁一样一圈又一圈地跌落到地狱更深层，"而谈到普遍的恐怖统治时说："事实在这个时代被弄糊涂了，人们担心如果没有想象力来保存不可磨灭的血迹，就无法进入这段历史。"（*CRF*，303）在回忆起这些事件时最令她感到恐惧的也许不是为期约 20 个月每天处决 80 人，而是巴黎居民们一直沿着他们的日常轨迹，仿佛什么也没发生，以至于"生活所有的乏味与轻浮都伴随着最阴沉的愤怒"（*CRF*，306—307）。但是，文学和哲学的可完善性从长远来看不会被这些事件所阻碍。斯塔尔夫人说："我将指出文学和哲学的新进展将延续关于可完善性的体系，我曾将其追溯至希腊人。"（*OL*，294）

斯塔尔夫人的《论文学》似乎是对文学领域中的可完善性和现代性的首次描述，并伴随着这样一种理论所蕴含的一切后果。然而如果我们专注于通过文学可完善性而获得的成就，其被斯塔尔夫人描述为对人心获得了一种新的感受和更透彻的了解，我们就会意识到一种对如今兴起的那种文学现代性的深远地暧昧欣赏。对于这些成就，其特征包括诸如"对死亡的恐惧，对生命的向往，无尽的奉献"（*OL*，150）。运用古典主义和浪漫主义之间后来的区分，古代诗具有完全的自我认同，或自在、完备性，以及诗意力量与生活乐趣的和谐表露。现代诗则在于向往、非同一性、差异性、反思、隐匿与忧郁。[1] 关于更近的文学阶段，法国古典主义，斯塔尔夫人承认路易十四时代是"文学中

1　Madame de Staël, *De l'Allemagne*：*Nouvelle édition par la Comtesse Jean de Pange avec le concours de Simone Balayé*. 2 vols.（Paris：Haehette，1958—1960），vol.2，211—215.

最杰出的时代",而达到完善性最高点的作者无疑是拉辛（*OL*，224）。拉辛和费内隆（Fénelon）的美学品质是无法超越的。诚然,伏尔泰将上个世纪的优雅与他自己的哲学相结合,并且知道如何"用所有那些人们尚不知晓何以可行的真理来修饰精神的魅力"（*OL*，281）。然而,这绝不是对文学现代性的无条件赞美,毋宁说是承认古典主义的纯美之时已然逝去。当她的对手谴责斯塔尔夫人将可完善性概念运用到诗歌中,违反了古典主义原理时,她回应说她的主题从来都不是纯粹属于想象的艺术,而是包括了反思和哲学的文学艺术,并且永远无法确定思想将会停顿的终点（*OL*，9—10）。

在当今一项著名的研究中,斯塔罗宾斯基（Jean Starobinski）看到了斯塔尔夫人的生活及其全部作品,她自己的性格与她的女主人公的性格之间有着深层暧昧的秘密纽带,并就它们所涉及的生活进行了双重评价。一方面,出于一种内在的丰富性,有着充溢的渴望去驱散而又勾连于一场面向未来的广阔运动;但另一方面,存在着相互的"不完整感",从而导致了退缩和忧郁。[1]这里不是一个追随

1　Jean Starobinski,"Suicide et mélancolie chez Mme de Staël," in *Madame de Staël et l'Europe：Colloque de Coppet*（Paris：Klincksieck，1970），242—252.

斯塔罗宾斯基，进入他从"自杀道德"与"死—活"的视角对斯塔尔夫人的作品进行精妙分析的场合，因为这种进路可能会诱使人们对她关于文学的古典主义和现代主义的概念进行辩护性的解释。但人们在此基础上可以说，双重反应和双重评价不仅描述了斯塔尔夫人的小说作品，也描述了她的写作理论，因为它处于她对文学的可完善性和现代性之信念的核心。

4

华兹华斯是英国浪漫主义的早期代表，湖畔派的成员，他以诚挚的热情回应了法国大革命。在《序曲》（The Prelude）的第六卷中，华兹华斯描述了1790年夏天与他的朋友琼斯（Robert Jones）的第一次法国之行，他为革命一周年而欢欣鼓舞，这段经历是"当个人的欢悦即是千百万人民共享的幸福（when joy of one is joy of tens of millions）"（6：346）。[1]他和他的朋友被博爱的普遍情绪所

---

[1] William Wordsworth, The Prelude, ed. Stephen Parrish (Ithaca: Cornell University Press, 1977). 对这首诗的引用直接在文中给出。中译本见《序曲，或一位诗人心灵的成长》，丁宏为译，北京大学出版社，2017。

2. 浪漫年代文学现代主义的兴起

吸引，因为正如华兹华斯所说，"我俩在法国承有'光荣'之名，英国人的名声（We bore a name Honour'd in France, the name of Englishmen）"（6：408）。许多人认为法国赶得上英国的 1688 年"光荣革命"并且正在走向君主立宪制。当时有几本书和文章声称掌握了"时代精神"，都得出了相同的结论，即那个时期的文学创新主要受到了法国大革命的刺激。这尤其适用于从十八世纪到十九世纪转变前的岁月。根据哈兹里特（William Hazlitt）的说法，整个湖畔诗派"都源于法国大革命，或者说是源于产生革命的那些情感和观点"。他认为华兹华斯的《抒情歌谣》（lyrical ballads）反映了"我们这个时代的革命运动"，并谈到其作者，"当今的政治变化是他构思并进行其诗歌实验的原型"。[1]

这种感觉最初是由戈德温的《政治正义论》（Enquiry Concerning Political Justice）中颁布的无限可完善概念引起的。然而英国浪漫主义的革命精神与一种宗教视角紧密相关。一些英国浪漫派是一神论者或持不同政见者，而华兹华斯和柯勒律治正在为成为世纪之交前的神职人员做准备。地球的革新和人类的复兴假定了基督教或圣经的维度，通常表现为幻想的、启示性的或神话般的图像，让人回忆起布莱克

---

[1] William Hazlitt, "The Spirit of the Age," in *William Hazlitt: The Collected Works*, ed. A. R. Waller and Arnold Glover (London: Dent, 1902), vol.4, 271.

1791 年的《法国大革命》(The French Revolution) 和弥尔顿的先知态度。这在柯勒律治 1796 年的幻想诗《国家的命运》(The Destiny of Nations) 中仍然很明显，该诗通过"圣女贞德的幻想"描绘了"自由的进步"。[1] 华兹华斯以从末日大火中升起的新地球和重返黄金时代的预言结束了 1793 年的《素描》(Descriptive Sketches)。[2] 随着恐怖统治的开始，英国的公众情绪突然转变了，据哈兹里特称，戈德温与他《政治正义论》的名声一道"沉没在地平线下"。柯勒律治试图淡化他早年的革命热情，后来则完全摆脱了这种态度。华兹华斯试图用世界史的考量来为恐怖辩护，在《致兰达夫主教的信》(A Letter to the Bishop of Llandaff) 中以革命的逻辑与主教沃森 (Richard Watson) 博士争论，沃森曾在早期支持革命，但在路易十六的处决后公开撤回了支持："什么！你们对于人性几乎一无所知，革命时期不是真正的自由时节。唉！他（旧制度）如此冥顽不化以至于她（大革命）时常被迫借用专制力量推翻他，为了在和平中统治必须在暴力中建立她自己。"[3] 正如他后来在《序曲》中提

1　*The Complete Poetical Works of Samuel Taylor Coleridge*, ed. E. H. Coleridge(Oxford: Clarendon, 1912), vol.1, 131.

2　William Wordsworth, *Poetical Works*, ed. F. Selincourt and H. Darbishire, 5 vols. (Oxford: Oxford University Press, 1940—1949), vol.1, 42—91.

3　Hazlitt, *The Collected Works*, vol.4, 201.

2. 浪漫年代文学现代主义的兴起

出的那样,华兹华斯没有将恐怖统治的责任归咎于大革命本身,而是

世世代代积蓄下来的罪孽(a reservoir of guilt)

与愚昧的水库(And ignorance, fill'd up from age to age),

再不能承受那可怕的重负(That could no longer hold its loathsome charge),

突然溃决,让大洪水泛滥全国(But burst and spread in deluge through the land)。

(10:437—440)

然而即使在受到恐怖统治和大革命随后令人失望的进程影响下,对于这种革命热情消散之后的时期,哈兹里特对早期英国浪漫主义诗歌起源于法国大革命所产生的情感和观点的观察仍然是正确的。正如艾布拉姆斯所表明的那样,伟大的浪漫主义诗歌"不是写于革命兴高采烈的气氛中的,而是写于后来革命幻灭和绝望的气氛中的"。[1] 英国

1　M. H. Abrams, "English Romanticism: The Spirit of the Age," in *Romanticism and Consciousness: Essays in Criticism*, ed. Harold Bloom (New York: Norton, 1970), 91—119.

浪漫主义中的革命主题因而假定了一种深刻的诗意本质，一种真正的抒情表达。在人与自然的全面复兴这一启示期望破灭之后，诗意的心灵试图通过将其塑造为希求普遍重生来保存大革命失却的财产，或者诗意的心灵从对人类历史的启示变化的一种抽象预期转变为对个人日常生活的现实希望，正如华兹华斯的《抒情歌谣》和其他在1794年与法国大革命疏远后所写的诗一样。这种抒情的情绪，从对法国大革命的欢庆中退出，但还保持了对人类普遍救赎的希望，似乎在追求这样一种目标时，在面对任何可实现的最终目标与信念都保持怀疑主义的意义上，与欧洲浪漫主义对可完善性和文学现代性的双边确认相对应。尽管华兹华斯后来对法国大革命持怀疑态度，但他维护这个主题的另一种方式是将这一事件，以及他的早期参与同他的自传结合起来。在此又一次，一个微妙的双边姿态被运用于生命的一个时期，这一时期虽已变得颇成问题，但仍在自传的框架中保持其存在。尽管在《序曲》创作时，考虑到其革命阶段之于华兹华斯，如其所言，是对"痛苦事物"的一瞥，不过他仍然认为这一时期对他自己十分重要，并将其整合进"诗人心灵的成长"这一自传性结构，从而在他人生的语境中得到了确认。

2. 浪漫年代文学现代主义的兴起

5

如果我们想确定早期浪漫派作家带来的新的诗学和批评话语的特殊风格，我们将不得不放弃单一原则（理性、创造性想象力、结构、进步、可完善性，诸如此类）的主导，并强调几种趋势（肯定和怀疑、热情和忧郁）的反向运动为他们话语的特征标志。关于浪漫主义态度的现代性，我们必须补充说这意味着对任何直接类型的现代主义的批判，对缺乏对于其自身地位的自我批评的现代主义的批判，以及一种对其所暗示的缺陷的认识。

弗里德里希·施莱格尔也许是德国浪漫主义当中这种自我反思的现代主义的最佳代表。在1798年写的一段断片中，几乎不满一页纸，描绘了他的现代诗，或者如他更偏向于说的那样，浪漫诗的概念，就像斯塔尔夫人一样，要求这种诗"与哲学和修辞保持联系"并与生活相互影响，从而使得"诗歌生机盎然，而生活和社会充满诗意"（*FS*，2:182—183；*LF*，175）。[1] 诗与哲学的融合对于施莱格尔而

---

1 Friedrich Schlegel, *Kritische Ausgabe senier Werke*, ed. Ernst Behler with the collaboration of Jean-Jacques Anstett, Hans Eichner, and other specialists, 35 vols. (Paderoorn-Miinchen: Schoningh,（转下页）

言，也具有"诗意反思"的含义，与创作过程密不可分，赋予了整个诗歌作品以生气，并将作者的艺术创作与他的批判性理论话语相融合。这样一种反思当然是无限的，并且可以被指数化为更高的幂，并乘以"在无止境的一系列镜子中"（*FS*，2：182—183；*LF*，175）。施莱格尔主张，先前的诗歌类型"已经完成且现在可以被全面分析了"，显然指的是古典的和古典主义者的诗歌类型。然而，现代诗处于永久的生成状态，并且他补充说这"实际上，是其真正的本质：它应该永远生成且永不完善"。现代诗或浪漫诗"没有理论可以穷尽，只有一种预见性的批评才敢于试着刻画其理想"（*FS*，2：182—183；*LF*，175）。

这种无尽的生成，不可化约为关乎始终的可知原则，似乎最简洁地表达了施莱格尔的历史观念，并且也最能代表已完成的现代性状态，充分意识到它与古典完善的分离，以及同样远离任何乌托邦式的目标达成。施莱格尔以多种方式说明了他的自我反思现代主义，其中之一就是他经常使用诸如"尚未"或"只要"之类的公式。因此，他以

（接上页）1958—2002）。对此文本的引用被称为 *FS*。译文在可获得时被采用于 Friedrich Schlegel, *Lucinde and the Fragments*, trans. Peter Firchow(Minneapolis: University of Minnesota Press, 1971)，并被称为 *LF*。

2. 浪漫年代文学现代主义的兴起

"只要"我们还没有建立完备的知识体系来为断片写作辩护，或者他需要反讽"只要我们还没有充分以体系的方式哲学化口头或书面对话"（*FS*，2：152）。在类似的论证中，哲学还需要"友善的启发"和"机智的产物"，因为它还没有完全体系化。施莱格尔向我们保证，一旦我们转向一种安全的方法论，这种情况将会改变（*FS*，2：200；*LF*，192）。然而，正如我们在这一点上所认识到的那样，"只要"和"尚未"并不是指有待于被完备知识所克服的暂时缺陷，而是我们知识的实际状态，即它的永久形式。施莱格尔说："一个人只能成为哲人（爱智者），而不可能是哲人（智者）。一旦自认为是哲人，他也就不复为哲人。"（*FS*，2：173；*LF*，167）

不过施莱格尔的立场很难被描述为对任何可实现目标的纯粹怀疑主义，因为他不仅主张有限的有效性，受限制的知识结构，而且还认为体系化的整体性和连贯性是必要的，然而只是无法实现的目标。他在他的一则断片中说："拥有一个体系和没有一个体系对于心灵是同样致命的。人们只需下决心将两者结合起来。"（*FS*，2：173；*LF*，167）拥有体系和没有体系的双重义务完全符合先前所引用的断片，即浪漫诗是无尽且理论上无穷的进程。一方面，没有理论和体系将无法把握诗歌不可预测的多样性。另一方面，一种预见性的批评将会总是试图去描绘其（不可穷尽的）理想。

　　从古今之争的角度来看，现代性的这种地位当然表明今人对古人的胜利，因为不再有任何古典标准决定了现代诗在其面向未来的方向中的进程。然而，要为这种独立性付出的代价则是纯美和完善落入了古典和谐的过往时代，而异化、不完善和缺乏则归属于现代性状况。在这种观点下，现代主义似乎是一个后古典时代，在其中自持与同一的古典结构消失了。然而现代似乎渴望失去的和谐并哀悼属于过去的统一。在这种为遗失和缺乏而悲痛的意义上，我们仍然可以说古人持续地支配着今人，或者用更理论的话说，现代意识或现代性意识的充分表达延宕了。

　　这些考量当然激发了浪漫主义时代的现代感，并且是典型的在歌德时代的德国发展出的人文主义类型。古希腊被设想为理想完美的形象，现代关乎对它永不满足的渴求。这种人文主义与文艺复兴的人文主义一样，试图通过古典资源来重生人类文化。然而，与文艺复兴的人文主义和欧洲古典主义相反，歌德时代的人文主义或多或少地绕过了古罗马而直接关乎希腊人。希腊文化——在诗歌、文学、艺术、修辞、哲学和政治生活中——已成为自我认知的媒介，不能简单地以现代主义者的姿态抛弃。必须发展出一个关于古典时代的更复杂的答案,它最终在互动的需求中得到体现,这是弗·施莱格尔及其兄长一道宣告的古典主义与浪漫主义(现代主义)之间辩证的相互关系。

这样看来,古典主义和现代主义进入了紧密互动的关系,进入了先前处理古今之争所缺乏的辩证关联。用一种悖论的表述,我们可以说,现代性的最先进类型处于与古希腊最活跃的互动当中。真正的现代性并没有使自己脱离真正的古典主义,而是与古代世界保持着生动的联系。人们可以说,糟糕的现代性仅仅是与古典主义的分离,仅仅是进步。真实的现代性与古典主义有着平等的关系,并且正在与那个世界动态竞争。人们无法通过回到过去的历史时期来恢复古典时代,无论那时可能多么完美。人们必须代之以做出及时的努力。现代人所应当追求的不是恢复古典神话,而是创造当代最新的"新神话",不是复兴荷马史诗,而是创造现代小说来作为主观先验诗的表达。

然而,在现代主义和古典主义的这种相互作用中,古人的世界仍然保持着对于今人的支配,而施莱格尔的现代主义建构则对未来完全开放("无限生成"),似乎受到一种绝对的古典主义假设的制约。的确,他似乎以无可比拟的方式来思考希腊世界,并在不同的语境中主张希腊诗歌是"美好与艺术的普遍自然史"(*FS*,23:188,204),它包含了对一切时代都"有效且合法的认知"（*FS*，1：318），并且其特征是"对普遍人性的最鲜活、纯粹、独特、单纯和完整的再现"（*FS*，1：276）。关于诗歌理论，他认为希腊诗歌为"所有原始的品位和艺术概念提供了完整的实例集合，所有这些对于理论体系都具有惊人的作用，仿佛构成性在其对知识的探求当中已经屈尊预料到了理性的欲望"（*FS*，1：307）。这个世界的形态"似乎不是被制造或产生的，而是永恒存在或自发的"，因为它们并没有唤起"关于劳作、艺术和欲求的丝毫联想"（*FS*，1：298）。

相应地，施莱格尔用"纯美""朴实的完美"或"单纯的威严"之类的最高级语言谈论希腊诗歌的个人作品，它们似乎只为自身存在（*FS*，1：298）。他用一种更为理论化的方式将这些作品的特征描述为"完美"（*FS*，1：298），在与自身完全和谐的意义上与自身结构性同一（*FS*，1：296）。施莱格尔坚信希腊诗歌已经达到了这样一种"自然构造的最终极限"，这样一种"自由美的最高峰"。"黄金时代是这种状态之名，"他补充说道，"尽管这种希腊艺术黄金时代的作品所带来的愉悦感允许人们增添，但它仍然不受干扰且毫无所求——完备且自足。对于这种高度，我不知道还有比'最高的美'更合适的名字。"（*FS*，1：287）对于这种绝对的古典主义和完美例证的形象，他最后补充道："艺术

2. 浪漫年代文学现代主义的兴起

和品位的原型"（*FS*，1:288）。

在这种描述绝对美的过程中，唯一令人不安的因素在于短语"尽管……允许人们增添"。通过那句短语，施莱格尔对绝对古典主义的建构肯定会转向现代性。因为如果遵循这些词的含义，人们很快就会遇到希腊美的特征实际上是一切美的特征，在最后的分析中不可能提供任何古典主义或黄金时代的概念，并将它们简化为边缘性的概念，或者最多是反讽隐喻。施莱格尔在这种特殊情况下想到的"增添"读作："绝非一种在其之上没有更美的事物可被设想之美，但是这种不可企及的理念的完成范式在此变得完全可见。"（*FS*，1:287—288）他继续说："艺术是无限可完善的，在其持续发展中绝对的最大值是不可能的，但无疑存在偶然的相对最大值。"（*FS*，1:287—288）换言之，一件艺术品只能是"在一件具体的艺术品中尽可能明显地展示艺术的绝对目标"的示例（*FS*，1:293）。在这些例子中，希腊诗歌黄金时代的作品当然占据了高位。它们是"美术自然形成的高峰"，因而对于各个时代都是"艺术发展的至高原型"（*FS*，1:293）。然而，这并不改变以下事实：这些成就并非绝对的目标，不会在任何时间和任何历史中发生，而只是古典形式的最大值，即"相对最大值"（*FS*，1:1634）。

关于艺术品的完整同一与和谐有机结构的古典美学因而被一种艺术创作的类型所取代，它表现为非同一性、隐匿、异质与差异。在文学领域，这产生于诗歌（语言的媒介），也产生于它的"器官"（想象力），这使得它的产物比任何其他艺术都更"易朽坏"也更"可完善"（*FS*，1：265，294）。这种诗歌的脆弱，不完备的特性在"取消理性地思考理性的进步与法则，并再次将我们移植到想象力的美丽困惑中，移植到人性的原始混乱中"的趋势中变得显而易见（*FS*，2：319）。仅凭想象力，而非理性，施莱格尔就能够以其所有令人困惑的、神秘和奇特的外表来囊括生活的丰富性。然而，想象力无法完全呈现这种想象的生活。完全交流的尝试搁浅了，并将其自身转变为间接的反讽交互（*FS*，2：334），一种持续交替的"自我生成"和"自我毁灭"（*FS*，2：172）。预期的诗歌与其创作过程融为一体，成了一种"诗之诗"，即艺术家的"艺术反思和美的自我反映"，因而始终且同时也是"诗与诗之诗"（*FS*，2：204）。

6

弗·施莱格尔首先在历史媒介中确立了诗歌的反思和

2. 浪漫年代文学现代主义的兴起

自反的特征。正如对于诗歌的无限生成没有最终目标，也没有我们将要抵达的乌托邦式的国家，在其中我们只说优美的语言，而在纯真无邪的黄金时代里，对于诗歌也没有完美的开端。如果人们希望将这种形象作为完美的典范，古希腊将从欧洲诗歌的发端处被移到不可企及的历史终点，但即使是对于"预见性批评"，也不可能"刻画其理念"（*IS*，2:183；*LF*，175）。当施莱格尔用诸如"尚未"或"只要"等公式来抚慰对于未来的绝对期望时，我们可以将"总是已经"这一短语同等效力地应用于我们的过去。然而，我们应该小心，不要从这种历史观点推断出任何类型的冷漠，因为施莱格尔自己非常坚决地反对被他归类为"庸俗假设"和"平均公理"的那种历史批评。他谈到这些态度时说："庸俗假设：真善美的一切都是不可能的，因为它是非凡的，至少是可疑的。平均公理：正如我们和我们的环境一样，它也总是无处不在的，因为那毕竟是非常自然的。"（*FS*，2:149；*LF*，145）

施莱格尔因此拒绝了希腊神话，俄耳甫斯据其构成了希腊诗歌的开端。这样一个形象似乎暗示着诗歌光芒万丈地整个从天而降，只是后来才假定了与自身分裂和不同（*FS*，1:406—410）。对他来说，上古之夜产生的"最古老的文献"是荷马史诗，但是深入研究这些诗的起源将使我们迷失在对于更早开端的回溯性阶段转换当中（*FS*，1：397）。施莱格尔还以结构性的方式表达了诗歌的自我超越特征，并且专门描述了浪漫诗，因为诗人与其作品之间有着密切的互动，作为"先验诗"，即诗歌代表"生产者与其产物一道"（*FS*，2：204；*LF*，195）。由于完全交流是不可能的，诗歌便通过间隔和时间化来将自身转变为间接交流，言及它物。想象力因而在反讽结构中找到了它必要的对应物（*FS*，2：334）。

奥古斯特·威廉·施莱格尔专注于诗歌的这些结构方面，与他那时的其他任何批评家相比，更直接地将它们与语言和诗意措辞的本质联系起来。他喜欢抨击像康德这样的艺术哲学家，他们对诗歌创作完全无知，把诗歌的影响归因于某种超自然的干预，某种"妙不可言（je sais quoi）"，并且在他们的哲学建构中在天赋与品位或想象与理性之间划了一条很强的分界线。奥·施莱格尔建议放弃"外力"，为了扩展天赋或想象的概念，可以通过囊括理性、反思、批判和自我批评于其中（*AWS*，1：14—33）。[1] 他说："我担心这种无以名状就是公认的语言不足以充分胜任内在的直觉，

---

[1] August Wilhelm Schlegel, *Kritische Ausgabe seiner Vorlesungen*, ed. Erns Behler with the collaboration of Frank Jolles, 6 vols. (Paderborn-Müchen: Schöningh, 1989—). 对此文本的引用被称为 *AWS*。

2. 浪漫年代文学现代主义的兴起

因为语言只有理性试着尽可能选用的任意符号。这说明了不要只将诗歌语言当作理性工具来对待。"（*AWS*，1：16）也没有诗歌的原初状态，我们的诗歌曾经从中堕落，但是诗歌与我们所有的活动一样，完全发生在堕落的这一边（*AWS*，1：254）。提到十八世纪末"自然美"与"艺术美"之间的划分，意味着探明艺术与自然相较而言的派生性，奥·施莱格尔声称对于他的浪漫理论，艺术美当然是"长"女，并且只有在艺术驱动力已经变得活跃之后，人们才会谈论自然美（*AWS*，1：256—257）。

然而，也许可以通过尼采来最好地说明特定的现代如何闯入这些诗歌的孕育之中。实际上，尼采直接从施莱格尔兄弟那里采纳了那些概念，尤其是他们关于欧里庇得斯的讨论。与这些主题最直接相关的问题是现代主义的开端。[1] 奥·施莱格尔认为这是他弟弟在古典领域最大的决定性功绩之一，是现代首次辨别出将欧里庇得斯与埃斯库洛斯和索福克勒斯区分开的不可估量的距离。弗·施莱格尔从而恢复了希腊人自己曾经设定的对于诗人的态度（*AWS*，1：747—748）。他对欧里庇得斯的评价是基于希

---

[1] See Ernst Behler, "A. W. Schlegel and the Nineteenth-Century *Damnatio* of Euripides," in *The Nineteenth-Century Rediscovery of Euripides*, ed. William M. Calder. Greek-Roman and Byzantine Studies 27(1986)：335—367.

腊文学的遗传观点，即从史诗发展到抒情诗和戏剧诗，从荷马到品达和索福克勒斯，以及在戏剧时代，从雄峻（埃斯库罗斯）到华美（索福克勒斯）和奢靡（欧里庇得斯）。通过奥·施莱格尔颇具影响力的著作，这种希腊文学形象在整个十九世纪占据了主导地位，并最终在尼采1872年的《悲剧的诞生》中找到了它最激进的表达。倚靠这一背景，欧里庇得斯能以两种方式来被看待。从一种顽固的古典主义视角中，他可以被看作是古典悲剧的破坏者，他通过诸如序曲，放弃命运观念，将合唱团与行动分离，对神话的任意处理，过多地使用扬抑格四音步等革新，使得旧戏剧的美丽和谐失去平衡，并导致"各个部分对整体的暴动"（AWS，1:749）。海涅将奥·施莱格尔的批评解释为一种古典主义学究，他习惯于"总是拿一根老诗人的月桂枝去鞭笞年轻诗人的脊背"。[1] 另一种看待欧里庇得斯的方式是说："在他的思想，他的天赋和他的艺术中，其他一切都可以最大程度地获得；只缺调和与法度。他充满活力且轻松自如，知道如何感动我们，戏弄我们，透进我们灵魂深处，并通过最丰富的多样性来激发我们。激情，它的兴衰，尤其是

---

[1] Heinrich Heine, *Sämtliche Werke*, ed. Klaus Briegleb (München: Hanser, 1971), vol.3, 415. 中译本见《论浪漫派》，张玉书译，人民文学出版社，2016，页70。

2. 浪漫年代文学现代主义的兴起

它的强烈爆发,他刻画得无与伦比。"(*FS*,1:61)这是弗·施莱格尔的欧里庇得斯形象,在此现代性看到了它自己的面孔。

尼采在某种程度上享有学究式的顽固的古典主义观点。在他的《悲剧的诞生》中,欧里庇得斯几乎失去了他在施莱格尔兄弟的著作中仍然表现出的所有"奢华"吸引力,并显得只是从古典美的高峰衰退而已。为了使这种衰退更加令人信服,尼采将悲剧诗的顶点从施莱格尔兄弟的榜样索福克勒斯推前到了埃斯库罗斯。尼采对审美现代主义的批判,如欧里庇得斯所示,因此变得更加严苛。正是理性、意识、反思、批评和哲学的注入破坏了古典悲剧之美。欧里庇得斯是"刻意的美学"(*FN*,1:539)[1] 的第一位剧作家,在他的周围有"现代艺术家特有的破碎闪光"。他的"几乎非希腊美学的特征"最好用"苏格拉底主义"的观念来概括,因为欧里庇得斯的原则"万物有意为美",与苏格拉底的说法类似,"万物有意为善"。尼采说:"欧里庇得斯就是苏格拉底式理性主义的诗人。"(*FN*,1:540)这也许

---

[1] Friedrich Nietzsche,*Kritische Studienausgabe*,ed. Giorgio Colli and Mazzino Montinari,15 vols.(Berlin:de Gruyter,1980).对此文本的引用被称为 *FN*。当可获得时,译文采用 Friedrich Nietzsche,*The Birth of Tragedy and the Case of Wagner*,trans. Walter Kaufmann(New York:Random House,1967)。中译本见《悲剧的诞生》,孙周兴译,商务印书馆,2012,页 95—96。

是文学现代主义最简短的公式。

然而，当迫于寻求这种"审美苏格拉底主义"或审美现代主义的起源时，尼采给出的答案却惊人地接近施莱格尔。首先，"刻意的美学"原则不是由苏格拉底或欧里庇得斯发明的，而是产生于雅典公众与古典悲剧之间的"历史鸿沟"（*FN*，1：537）。苏格拉底主义在有意的自我反省活动的意义上不仅"比苏格拉底古老"，而且是一种从艺术本身内在演化而来的元素，不需要从诸如哲学之类的外部力量中植入。它起源于辩证、对话和语言，而这一切都是最古老的悲剧形式所缺乏的。然而，对话与辩证必然会导致争论、争辩、争执，并推动一个以欧里庇得斯为代表的"象棋"类戏剧中达到高潮的进程（*FN*，1：546）。"腐朽"的症状因而在欧里庇得斯出现之前就显而易见了，已然存在于索福克勒斯那里（*FN*，1：548），可能就在于戏剧本身的对话形式，甚至在合唱与舞蹈当中。尼采在古典主义与现代主义之间构造的划分采用了同样的退步方向，在施莱格尔兄弟的理论当中早已显而易见地肇始了。确切地讲，我们正在处理的进程实际上不是历史人物所能表示的，也不是历史术语所能代表的。欧里庇得斯主义和苏格拉底主义就像是巨大的动力滚轮，既是前苏格拉底式的，也是后苏格拉底式的，并将其影响传播到后代，"就像阴影在傍晚的太阳下不断生长"（*FN*，1：97，635）。

3. 古代和现代世界中的反讽

　　反讽与现代意识的演变密不可分。一方面，反讽是一个传统的主题，与人类的言语一样古老，在手册中加以编纂，在其结构中加以定义，但与这些学术主题一样乏味。然而，另一方面，反讽实质上与浪漫主义时代开始强调的那种自我反思的诗歌风格是相同的，它是文学现代性的决定性标志。然而，在典型的浪漫主义思想中，反讽随后被翻转并在文学作品中得以发现，而在此之前它从未被设想过，继而变得几乎与文学本身并存。人们普遍同意反讽成为基本批评术语的这种决定性延展发生于十八世纪末，此时正值浪漫主义文学理论的形成。在此之前，反讽大多被理解为一种修辞格，牢固地确立并记录于修辞学当中。我们甚至可以更精确地指定这一转折点,通过提及弗·施莱格尔在 1797 年所写的断片,它显然首次表现了反讽的新特征。

该断片始于陈述"哲学是反讽真正的故乡,人们应当把反讽定义为逻辑的美"(*FS*,2:152,no.42;*LF*,148)[1]——显然是将苏格拉底的反讽作为西方反讽语气的首次体现。施莱格尔继续说还有一种"修辞的反讽","若运用得有节制,也能产生精妙的效果,特别是在论战当中"(*FS*,2:152,no.42;*LF*,148)。断片的这句短语显然与从西塞罗到斯威夫特和伏尔泰的主要反讽用法有关,其作为一种修辞手段或修辞格适用于论战当中,因为它不以粗俗的方式间接地抨击。然而与哲学类的反讽相比,与"苏格拉底的缪斯那种崇高的机敏善变"相比,这类修辞更为浮夸。然而,

---

[1] Friedrich Schlegel, *Kritische Ausgabe seiner Werke*, ed. Ernst Behler with the collaboration of Jean-Jacques Anstett, Hans Eichner, and other specialists, 35 vols. (Paderborn-Munchen: Schoningh, 1958—2002). 对此文本的引用被称为 *FS*。译文在可获得时被采用于 Friedrich Schlegel, *Lucinde and the Fragments*, trans. Peter Firchow (Minneapolis: University of Minnesota Press, 1971). 42 号及 108 号断片中译见拉巴尔特/南希,《文学的绝对》,张小鲁/李伯杰/李双志译,译林出版社,2012,页 48—49,56—57。关于施莱格尔的反讽概念及其历史语境参见 Ernst Behler, "The Theory of Irony in German Romanticism," in *Romantic Irony*, ed. Frederick Garber (Budapest: Kiado, 1988), 43—81. 从关于共识的主体间性辩证法视角来解释这一主题参见 Gary Handwerk, *Irony and Ethics in Narrative: From Schlegel to Lacan* (New Haven: Yale University Press, 1985)。

3. 古代和现代世界中的反讽

有一种可能性可以趋近和等同于崇高的苏格拉底式反讽，那就是在诗歌当中。然而，为此，诗歌不应该将反讽限制为"像修辞学那样孤立于反讽段落中"，而应像苏格拉底在其对话中那样始终反讽。事实上，施莱格尔继续说，有一种诗正是完成了这一任务："有些古代诗和现代诗，通篇洋溢着反讽的神性气息。这些诗里活跃着真正超验的诙谐色彩。在它们内部，有那种无视一切、无限地超越一切有限事物的情绪，如超越自己的艺术、美德或天赋；在它们外部，在表达当中，则有一个司空见惯的意大利优秀滑稽演员（buffo）那种夸张的表情。"（*FS*, 2：152，no.42；*LF*，148）

在同一年的另一个断片中，施莱格尔更全面地描述了苏格拉底的反讽语气，并指出了这种反讽应该如何使诗歌作品富有生气。这种反讽是一种无法表达的"不任性的，但却是绝对深思熟虑的伪装"（*FS*, 2：160，no.108；*LF*，155），因为"谁要是没有反讽，那么即便对他做出最坦率的承认，反讽对于他仍然是个谜"。在这样一种反讽表演中，"应当既有诙谐也有严肃，一切都襟怀坦荡，一切又都深默伪装"。这种反讽源自天真与反思，自然与艺术，是"完善的自然哲学与完善的艺术哲学的汇合"。关于这种反讽的最简要的陈述，出现在断片中并读作："它包含并激励着一种有限与无限之间无法解决的冲突,一个完全交流既必要又不可能实现的感觉。它是所有许可证中最自由的一张,因为借助反讽,人们便自我超越;它还是最合法的一张,因为它是无论如何必不可少的。"(*FS*, 2:160, no.108; *LF*, 156) 这几句引文已表明新的反讽概念与标志着浪漫主义发端的文学现代性意识之间的紧密联系。

1

当施莱格尔决定将弥漫于薄伽丘、塞万提斯、斯特恩和歌德的某些作品中的语气命名为反讽时,他的确引起了西方批评思想的一种根本变化。刚才提到的作者们会有些惊异于听到他将他们的文学创作解释为展示性的反讽——更不用说莎士比亚和其他更古老的反讽风格模范了。因为直到施莱格尔之前,反讽一直保持着它作为修辞格的经典含义,而今我们在施莱格尔的表述中没有发现任何显著之处的唯一原因,就是他对该术语的使用已然扎根并得到了确立。在此之前,直到十八世纪为止,反讽一词保持着其既定的言语或交流形式的严格一致的含义,可以简化为公式:"通过这种修辞格人们想要表达其所言之物的反面。"1 这引自1765年法国大百科全书,并包含了在许多各类欧洲文学手册中发现的反讽定义的本质,这些手册是从涉及公共演讲和说服技艺的古老修辞指南中发展而来的。

如果要在古典修辞学的图示化结构中寻找反讽的位置,我们会首先在转义栏中找到它,即在间接的言语方式(包括隐喻、寓言、转喻和倒装);其次是在修辞格的名目下,即特殊的言语结构(包括疑问、期待、犹豫、咨询、顿呼、说明、佯悔和暗示)。所有古典反讽形式最基本的特征始终是说话者的意图与他实际上所说的相反,我们理解与他在其言说中所表达的反面。我们也许应该在此描述中加上根据古人的观点,为了将反讽与单纯的说谎区别开来,整个语音,包括语调、强调和手势,都应该有助于揭示真实或预期的意义。反讽主要是被古典修辞学家在独特风格的语境中讨论。亚里士多德在其致力于风格的《修辞学》第三卷中提到了反讽,并把它表现为"自嘲":"一些适宜于自由人使用,另一些则不适宜;反讽比滑稽更适合于自由人的身份,因为反讽者是为了自己开心而取笑的,滑稽者是

---

1 *Encyclopédie ou dictionruJire raisonné des Sciences, des Arts et des Métiers, par une Société de Gens de Lettres* (Geneva: Pellet, 1777), vol.19, 86.

为了别人开心而逗笑的。"[1] 从他作品的其他段落，尤其是他的《伦理学》中，我们知道亚里士多德将反讽设想为一种高贵的自贬。"反讽是自夸的反面，"他说，"这是对自己权力和财产的自贬性隐藏，对人而言，贬低比夸大自己的美德表现出更好的品位。"[2]

西塞罗将这个词引入了拉丁文世界，并将其形容为"伪装"（"ea dissimulation, quae Graeci eironeia vocant"），[3] 在其作品《论演说家》中讨论反讽与修辞格的关系。他将反讽定义为说一件事而意指另一件事，解释说这对听众的心智有很大的影响，如果以对话而非演说的口吻呈现出来将会非常有趣。[4] 最后，昆体良在其《演说教育》第八、九卷的讨论中将反讽置于转义和形象当中，其基本特征是说话者的意图不同于他实际所说，我们理解他在演说中表达的反意（"in utroque enim contrarium ei quod dicitur intelligendum est"）。[5] 然而，除了这两种正式的反讽模式外，

---

1 Aristotle *Rhet*. 3. 18. 1419b7. 英译见 Lane Cooper(New York: Appleton. 1932). 240。引自 *Aristotelis Opera: Edidit Academia Borussica*（重印，Darmstadt: Wissenschaftliche Buchgesellschaft. 1960）。中译本见《修辞学》，罗念生译，上海人民出版社，2006，页230。
2 Aristotle *Etk. Nic*. 2. 7. 1108a19—23, 4. 13. 1127a20—26. 中译本见《尼各马可伦理学》，廖申白译注，商务印书馆，2003，页51, 119。
3 Cicero *Acad. Pr*. 2. 5. 15.
4 Cicero *De or*. 2. 67. 270. 中译本见《论演说家》，王焕生译，中国政法大学出版社，2003，页425。
5 Quintilian *Inst. Or*. 9. 2. 44.

3. 古代和现代世界中的反讽

昆体良还提到了第三种超越纯粹修辞学范围的，或施莱格尔将其作为反讽的单一例证，并涉及个人的整个存在方式的反讽模式。昆体良直指苏格拉底，其一生都颇具反讽色彩，因其承担了一个无知者的角色，迷失于惊异他人的智慧。[1]

正如这一观察所表明的那样，昆体良以及西塞罗和其他修辞学家都将苏格拉底当作反讽大师（eiron）。然而，最初语词"反讽［eironeia］"和"反讽者［eiron］"的含义很低俗，甚至达到了咒骂的程度。我们在阿里斯托芬的喜剧中遇到了这些术语，在其中反讽者被置于骗子、奸人、讼棍、伪君子和滑头之间——换言之就是欺诈者。[2] 柏拉图首次将苏格拉底展现为反讽对话者，通过在其著名的佯谬无知中低估其天赋，使其同伴陷入尴尬，同时引导他进入恰当的思路。对于柏拉图式的苏格拉底，反讽者的态度从古典喜剧的粗劣戏仿中解脱出来，并以精炼的、人性化幽默的自贬来表现，使得苏格拉底成为教师的模范。

然而即使在柏拉图的对话中，苏格拉底的反讽态度如此明显地呈现，反讽一词本身仍然在欺骗和虚伪的意义上保持了它的贬义，并且同样表明了智术师的智识欺诈和错

---

[1] Quintilian *Inst. Or.* 9.2.46.
[2] Aristophanes *Nubes* 443. 中译本见《云 马蜂》，罗念生译，上海人民出版社，2010，页37。

误自负的态度。例如，在其《理想国》当中，柏拉图描绘了苏格拉底以独特的方式探讨正义［dikaiosune］概念的场景。在讨论的关键点，他的对话伙伴色拉叙马霍斯（Thrasymachus）爆发了，要求苏格拉底停止他的永恒质疑与反驳，最后发表直接声明并揭示他自己的观点。苏格拉底再次采取他的无知姿态回答说，要发现正义是非常困难的，他们应该垂怜而非嘲讽他。此时，色拉叙马霍斯呼喊道："赫拉克勒斯在上！这又是那众所周知的苏格拉底的佯谬！我事先早已告诉过这些其他人，你是不会回答的，而是要躲藏在佯谬当中。"在此通过佯谬提到的希腊术语当然是反讽［eironeia］（337a）。[1]

从柏拉图对话中的许多其他例子中，我们知道苏格拉底的佯装无知被他的许多同时代人认为是欺诈、嘲讽或欺骗性的逃避主义，所有这些使他应得反讽者［eiron］的绰号。只有通过亚里士多德，反讽一词才承担了精致文雅的气息，标志着"苏格拉底式反讽"的特征。这一含义的重大变化可以在亚里士多德的《尼各马可伦理学》中发现，其中将"贬低（eironeia）"和"自夸（alazoneia）"作为

---

[1] 柏拉图引自如下版本：*Oeuvres completes*，ed. Guillaume Bude（reprint，Paris：Les Belles Lettres，1953）。引用此版是基于司提反（Stephanus）的计数，这一计数被运用于绝大部分的柏拉图版本。中译本见《理想国》，顾寿观译，吴天岳校注，岳麓书社，2018，页20。

3. 古代和现代世界中的反讽

偏离真理的模式进行了讨论。然而,亚里士多德认为反讽偏离真理不是为了一个人自己的利益,而是出于厌恶夸大,并使其他人免于自卑感。反讽因而是一种精巧而高贵的形式。这种真正的反讽原型在苏格拉底那里被发现,以此为参照,反讽获得了它的经典表达。[1] 在亚里士多德提到反讽的其他少数情况中也揭示了一副苏格拉底形象。亚里士多德在其《相术》中将反讽者描述为拥有较大年龄且眼周有皱纹的人,反映了关键的判断力。[2] 在其《动物志》中,亚里士多德把眉毛朝着两鬓扬起作为嘲讽者和反讽者的标志。[3]

这些注定了苏格拉底之为反讽大师的生理特征也能从柏拉图关于哲人的著作中找到。苏格拉底的这一面相出现在《会饮》中,在阿尔西比亚德(Alcibiades)为夸赞苏格拉底而发表的演讲中,他将苏格拉底与西勒诺斯相比,那些萨提尔状的雕像外面是怪诞的形象,但内部却是纯金的。这显然是指哲人的外表,突出的嘴唇、肚脐和糟鼻与其个人品位和智识品质之间的对比。这种对比也可以看作是反

---

[1] Aristotle *Eth*. *Nic*. 4. 13. 127b22—26. 中译本见《尼各马可伦理学》,前揭,页 121。
[2] Aristotle *Phys*. 3. 808a27.
[3] Aristotle *Hist*. *Animal*. 1. 491b17. 中译本见《动物志》,吴寿彭译,商务印书馆,2010,页 35。

讽佯谬的一种形式，之为"面具"，并已成为欧洲文学中一个著名且连续的主题。对于他的同胞，苏格拉底承接了一副倾向于欣赏俊美青年和欢愉会饮的面具，其就表面而言，普遍无知且不适于任何实践活动。但是一旦深入表层之下，我们就会发现他超越了肉体美以及财富和大众尊崇的吸引力，而且他拥有无与伦比的自控程度。阿尔西比亚德用希腊词反讽［eironeia］来表示这类佯谬，他向其酒伴解释说："他的生活就是在人们面前装傻和玩游戏。当他认真起来并暴露出他内藏的东西时，我怀疑是否有人看到过被揭示的宝藏。"（216d）

2

施莱格尔在1797年刻画苏格拉底的反讽时，显然考虑了所有这些不同的元素，并打算利用这种模式来理解文学和诗歌。那时他对刚完成的（1796年）歌德的小说《威廉·迈斯特（大师的学徒年代）》印象深刻，这部小说因施莱格尔的评论——"徘徊于整个作品之上的反讽"——而闻名（*FS*，2：137）。施莱格尔在他的一则笔记中写道："迈斯特＝反讽诗歌，如同苏格拉底＝反讽哲学，因为它是

3. 古代和现代世界中的反讽

诗之诗。"（*FS*，18：24，no.75）即自我意识和自我反思的诗歌。他还意识到苏格拉底式的反讽在诗艺［ars poetica］的古典传统中已被光鲜正式的修辞性反讽策略消除了，遵循了既定规则，并且在其牢固狭促的以真理为导向的关系中，构成了几乎是苏格拉底式反讽曾经所是的反面。尽管在修辞性反讽当中，说话人的意图与他实际所说的相反，但规则确保我们实际上理解了意图。反讽是基于完全的共识，说者与听者之间的完美理解，以及绝对的真理概念。

托马斯·曼的《魔山》中可以找到一个很好的例证来说明从古典的修辞性反讽概念到施莱格尔脑海中的那种浪漫主义反讽类型的转变。托马斯·曼不仅通过其文学实践，而且在理论中都是反讽的权威，并且喜欢将历史批评性探讨与他的小说相融合。以下是意大利人塞特姆布里尼（Settembrini）与工程师卡斯托普（Hans Castorp）在瑞士疗养院进行的无休止的讨论之一，是这种技法的一个很好的例子。它始于意大利人反驳卡斯托普的言论：

> "哦天哪，反讽！工程师，请谨慎行事，避免在此兴起的那种反讽：绝不要采取这种心理态度！反讽不是直接而经典的演说方式，健康的心灵从不模棱两可，它会导致堕落，成为文明的缺陷，是反动力量带来的

不洁交流，一种恶习。因为我们所处的环境显然非常有利于这种低迷的增长，我希望，或者说，我必须恐怕，您能明白我的意思。"[1]

施莱格尔的立场可以被准确地描述为用曼的文本中以"懒散、无政府且恶毒"的反讽方式所描述的不同类型的反讽，来替代那种"对于健康的心灵从不模棱两可的直接经典的演说方式"。一方面，这是最现代的反讽类型，与迄今尚不存在的文学现代性风格相吻合。但从另一方面来说，这是西方最古老的反讽类型，源于苏格拉底和柏拉图的对话。

施莱格尔以各种不同的表达试图挽救苏格拉底—柏拉图式的反讽，即一种构型性的、不确定的、自我超越的思维和写作过程，并将其与现代风格的自我反思和自我意识结合起来，作为文学现代性的决定性标志。在其1829年的晚期演讲"语言哲学"中，他将反讽描述为"惊异于思想本身，经常化作微笑"，并且"在愉悦的表面之下"包含了"一种深层的隐藏感，另一种更高的含义，而且往往是最崇高的严肃性"（*FS*，10：353）。在柏拉图关于这种思想的彻

---

[1] Thomas Mann, *The Magic Mountain*, trans. H. T. Lowe-Porter (New York: Vintage, 1969), 220.

3. 古代和现代世界中的反讽

底的戏剧性发展的呈现中,施莱格尔看到了对话形式具有本质上的主导性,"即使我们抹去了头衔与人名,所有演说与回应,以及整个对话形式,并且只强调思想在其聚合与进展中的内在线索——整体仍将是一个对话,其中每个答案都提出一个新问题,并且在言说与反诘,或者说思想与反思的交流中,以生动的方式前进"(*FS*,10:35)。

在施莱格尔关于思想或写作的反讽构想中,"言说与反诘,或者思想与反思的交流"似乎构成了一个重要方面。然而,我们应当注意不要以辩证法或黑格尔的方式将这一运动理解为一种目标导向的目的论进程,而应当代之以将无底的滑动视为其主要特征。施莱格尔再次提到柏拉图的写作方式,在其1804年的"莱辛的思想和观点"中以无限轨迹的形象描述了现代散文的这一特征:

> 否认某些当前的偏见或诸如此类,可以有效克服固有的沉闷,这构成了开端;于是思绪在不断的相互联系中不知不觉地向前移动直到使观众惊讶,在那之后思绪突然中断或消融于自身,突然发现自己面临着他根本没有预期过的目标:在他面前是无限的广阔视野,但回首他所走过的路和历历在目的螺旋式谈话,他意识到这只是无限循环的一部分。(*FS*,3:50)

对于言说与反诘或者思想与反思的交流，施莱格尔最著名的表述是在世纪之交前，他在断片中对肯定和否定，自我涌现和自我批判地退回自身，热忱和怀疑不断交替的多重释义。这些短语几乎都是他的"诗意反思"和"先验诗"理论的不同表述，与他的反讽概念相吻合，常常被视为"自我生成与自我毁灭的不断交替"（*FS*, 2：172, no.51; *LF*, 167）。同样现象的类似重复表达是短语"达到反讽程度"或"达到自我生成与自我毁灭之间不断波动的地步"（*FS*, 2：172, no.51; 217, no.305; *LF*, 167, 205）。这是施莱格尔的最高完美点，即这样一种完美是通过将其特征写入自己的文本中来意识到其自身的不完美。表达内在于"达到反讽程度"状态的自我生成与自我毁灭之反向运动的另一种也许是更好的方式，是说这绝非缺陷，毋宁是我们能达到的最高水平，并且从美学角度考虑，也是一种魅力和优雅。

在其关于希腊诗歌的早期著作中，施莱格尔将自我生成与自我毁灭的反向运动表示为反对原初狄俄尼索斯式狂喜的自我施加运动，并且说："最强烈的热情是渴望自我伤害，只是为了行动并释放其多余的力量。"（*FS*, 1：403）对于这种行动他最喜欢的例子之一是古典喜剧的插曲[parabasis]，即诗人有时通过合唱队与主唱向听众任意轻率地演

3. 古代和现代世界中的反讽

说，构成了对戏剧的完全扰乱。在 1797 年的一则断片中，施莱格尔总结说"反讽是永恒的插曲 [parabasis]"（*FS*, 18；85, no.668），从广义上使作者从他的作品中脱颖而出，并将其与所有类型的古今文学联系起来。施莱格尔特别提到了阿里斯托芬在喜剧中通过插曲 [parabasis] 所展现出的喜剧精神，他说："这种自我施加并非不当，而是刻意的冲动，活力四射，并且通常不会产生不良影响，实际上还会有激发效用，既然它不能完全毁灭幻觉。生命最强烈的灵动必须要有所作为，甚至于毁灭；如果它没有找到外部目标，它就会针对心爱之物、针对自己、针对它自己的创造。那么这种灵动是为了激发而非毁灭而去伤害。"（*FS*, 1；30）在现代文学的媒介中，施莱格尔通过引用作者的"泰然自若，笑对自身"描述了歌德的《威廉·迈斯特》中的反讽意味，或是在诗兴中竟然出现最平淡无奇的场景，并补充说："当诗人以一种既轻松又崇高的态度对待人和事时，当他几乎从不离反讽地提及主人公时，当他似乎对自己的杰作发自内心地微笑时，仿佛这对他来说并非最庄严肃穆之事，那么人们就不应当让自己受到愚弄。"（*FS*, 2；133）

3

在哲学领域内，施莱格尔的反讽意在引起我们注意"知识的最高主题取之不尽的丰富多样性"（*FS*，13：207），并揭示"受到高度赞美的全知全能偶像"（*FS*，13：208）。然而，通过这种批评，施莱格尔激怒了那位与众不同的同时代哲学家，他声称已经获得了"绝对知识"，并且的确认为反讽是对自己地位的最大挑战——黑格尔。在一篇肯定构成了浪漫主义年代主要智识活动之一的极度尖锐的辩驳中，黑格尔将弗·施莱格尔选为现代"反讽之父"和"最突出的反讽人格"（*GWFH*，11：233）[1]，并斥责反讽为虚无的怀疑主义，不负责任的任意性，是孤立的主体将自己与统一的实体相分离（*GWFH*，7：278）。[2] 在其《美学讲演录》中，黑格尔批评反讽的艺术方面"由弗里德里希·

1　Georg Wilhelm Friedrich Hegel. *Werke in 20 Banden* (Frankfurt：Suhrkamp Taschenbuch Wissenschaft，1986). 对此文本的引用被称为 *GWFH*。
2　这一表达并非字面引自黑格尔，他通常说的是"主体将自身认作终点"（*GWFH*，7：278），而是由珀格勒（Otto Pöggeler）所汇编的，非常好地表达了黑格尔的法哲学中的思想线索。参见 Otto Poggeler，*Hegels Kritik der Romantik*（Bonn：Bouvier，1956），66。

3. 古代和现代世界中的反讽

冯·施莱格尔先生发明"为一种"神智,对于它一切东西都不过是微不足道的创造,与自由创作者无关,而创作者感到自己一劳永逸地摆脱了他的产物,因为他既可以创造也可以消灭它们"(*GWFH*,13:95)。

在这方面,尤为重要的是黑格尔在其1807年的《精神现象学》中对于反讽、反讽意识和施莱格尔理论的批评。诚然,施莱格尔的名字在这部文本中从未出现过,而是在1924年进行的一次如今非常著名的研究中,赫希(Emanuel Hirsch)认为处理良知的道德部分的结论段落是对黑格尔同时期哲学家的一种编码批评。[1] "道德世界观"的部分(*GWFH*,3:464—494)[2] 提到了康德,而接下来几节则逐一呈现了浪漫派一代的代表们:"良知的自主体"关乎雅各比,"自身绝对确定性"关乎费希特,"优美灵魂"关乎诺瓦利斯,"伪善"关乎施莱尔马赫,"铁石心肠"关乎荷尔德林,"认罪"关乎弗·施莱格尔。然而,在"宽恕"中,黑格尔描绘了他自己的立场,以调和分裂为"优美灵

---

1 Emanuel Hirsch, "Die Beisetzung der Romantiker in Hegels Phlinomenologie," in *Materialien zu Hegels Phiinomenologie des Geistes*, ed. Hans Friedrich Fulda and Dieter Henrich (Frankfurt: Suhrkamp, 1979), 245—275.

2 *Hegel's Phenomenology of Spirit*, trans. A. V. Miller (Oxford: Oxford University Press, 1977), 365—374. 中译本参见《精神现象学》,前揭,页388—414。

魂"和"伪善"的意识。综上所述,所有这些人物一个接一个地展现出一种进步,一种自我意识的增强。这个过程的顶点为"和解的肯定",它将所有特定形式的确定性结合在一起并且"显现为神,显现在那些知道自己是纯粹知识的我中间"(*GWFH*,3:494)。

如果认罪的立场实际上代表了弗·施莱格尔,那么这种奇怪的层级就表现了一种对反讽的极高重视。先前所有意识形式尚未完全意识到自己。它们是基于幻觉的分散表现,缺乏对自身的最后意识。然而,邪恶意识的形式具有通过在"它是我"(*GWFH*,3:490)的声明中认罪来促使良知达到其最后结果的功能。对于黑格尔而言,这是"心灵意识到自身的最高反抗"。然而,根据黑格尔的辩证法原理,这种否定性的最高形式恰恰激发了"理念活动",因而对于和解的肯定是必要的(*GWFH*,3:492)。但就其本身而言,意识的邪恶阶段是最纯粹的否定性,总是否定的精神,孤立的主体将自身与统一的实体相分离。

尽管就所涉及的历史参考点而言,这样的编码文本始终保持某种不确定性,但黑格尔的其他著作,尤其是他的《法哲学原理》,充分表明了当他在《精神现象学》中描述"绝对的邪恶"立场时,他想到的是施莱格尔。因为这些文本将这些假设直接与反讽和施莱格尔(*GWFH*,7:279—

3. 古代和现代世界中的反讽

280）相关联。然而，它们不再是在启示图景中，而是在直接的辩论中做出这些引用，并且常常不免于强烈的敌意和仇恨爆发（*GWFH*，18：461）。例如，在黑格尔的《法哲学原理》中，施莱格尔的反讽"就是恶，甚至在自身之中就是彻头彻尾的普遍的恶，而且还加上它的形式，主观上的空疏，它知道自己是缺乏一切内容的空疏，并在这种空疏的知识中知道自己作为绝对者"（*GWFH*，7：279）。作为黑格尔在柏林演讲的参与者，克尔凯郭尔观察到"每次"黑格尔都抓住机会大声疾呼针对反讽，并责骂施莱格尔及其门徒是"不可救药的顽固罪人"。克尔凯郭尔说："黑格尔总摆脱不了最为蔑视、拒斥的口吻，他常常称他们是'傲慢的贵人'，但他自己居高临下，其讥嘲和傲慢更为惊人。这样，黑格尔对与他最接近的反讽形式做出了错误的判断。这个事实当然损害了他对这个概念的理解。他一般不作什么阐述，可施莱格尔受到了不少的责骂。"（*CI*，282）[1]

克尔凯郭尔注意到施莱格尔的反讽与黑格尔本人立场之接近似乎与黑格尔的辩证法有关，也表现为持续的肯定与否定，永久的建构与悬置，自我生成与自我毁灭的交替，

---

[1] Søren Kierkegaard, *The Concept of Irony with Constant Reference to Socrates*, trans. Lee M. Capel(New York: Harper and Row, 1965). 对此文本的引用被称为 *CI*。中译本见《论反讽概念》，汤晨溪译，中国社会科学出版社，2005，页 213。

内在的"否定性"。尽管施莱格尔的反讽当然缺乏黑格尔辩证思维过程的目的论和目标导向的驱动力,但如今对黑格尔的一些最新解释的确倾向于将黑格尔与弗·施莱格尔的浪漫主义理论紧密联系在一起。[1] 黑格尔思想的整个结构似乎都导向抵达某种完备的哲学体系,为完善的法哲学和完善的人类社会、国家、统一的实体提供了基础。为了区分施莱格尔和黑格尔,人们应将这描述为两种基本矛盾的知识类型之间的关系,不能归于一个共同点,因而形成了一个完全无解的对立。黑格尔的知识类型要求对有限和无限的解释有完全智识的理解。施莱格尔则坚称这种关系永远不能被有限的知识简化为一种可理解的结构或辩证法,而只能在某些方面构成可把握的无限进程。要将十九世纪初的这些话语更多地与我们的思维方式联系起来,我们还可以说在黑格尔和施莱格尔那里,我们分别遇到了不同的思维模式、知识形态和哲学确定性模式,对应于我们时代完

---

[1] Otto Pöggeler, "Grenzen der Brauchbarkeit des deutschen Romantik-Begriffs," in *Romantik in Deutschland*, ed. Richard Brinkmann(Stuttgart: Metzler, 1978), 341—354; Otto Pöggeler, "1st Hegel Schlegel?" in *Frankfurt aber ist der Nabel dieser Erde*, ed. Christoph Jamme and Otto Pöggeler(Stuttgart: Klett-Cotta, 1982), 325—348; Rüdiger Bubner, "Zur dialektischen Bedeutung romantischer lronie," in *Die Aktualität der Frühromantik*, ed. Ernst Behler and Jochen Hörisch (Paderborn: Schöningh, 1987), 85—95.

3. 古代和现代世界中的反讽

全不同的结构主义释义学和后结构主义解构话语。

然而，即使我们坚持黑格尔与施莱格尔之间的根本区别，我们在黑格尔自己哲学的中心也遇到了反讽。黑格尔与往常一样在其《哲学史讲演录》中对反讽进行了愤怒的斥责，将这种态度否定为只不过是玩弄一切，而将所有更高和神圣的真理化为虚无、庸常等等（*GWFH*，18：460—461）。然而，在这一点上，黑格尔突然通过一段插入语在反讽与辩证法之间画了一道平行线，"所有辩证法都承认应该得到承认的一切，就像它所得到的承认一样，让内在毁灭产生于它——世界的普遍反讽"（*GWFH*，18：460）。参加黑格尔演讲的海涅和克尔凯郭尔注意到了这一非凡事件。克尔凯郭尔试图用世界历史个体，世界历史的悲剧英雄来解释这种反讽。这样的英雄必须通过取代旧秩序来将历史现实提升到一个新的高度，但必然会遇到同样会发生变化的现实（*CI*，276—277）。克尔凯郭尔认为黑格尔完全正确地描述了这种"世界的普遍反讽"："由于每一个特定的历史现实只是理念现实化的一个瞬间，它本身就蕴藏着自我毁灭的种子。"（*CI*，279）的确，黑格尔自己已经将"世界历史个体"的悲剧命运作为他的《历史哲学讲言录》的中心主题（*GWFH*，12：45—50）。

但更准确地说，并非高贵个体的辩证和世界历史毁灭造成反讽，而是将这种毁灭视为世界历史发展和一般生活必不可少的伴随性先决条件者的眼光、观察和意识。首先是哲学家，黑格尔的意识是反讽的，因为他观察世界历史的辩证演变，它通过矛盾前进，出于必然而摧毁生命形式，以便其他更高的形式得以浮现。黑格尔在这一辩证性考量中感受到了反讽，据其既有的历史形式似乎既受到严格尊重，又同时受到必要的毁灭。然而，在第二个考量中，黑格尔当然确信这整个过程是由理性和意义支配的，尽管一切都被毁灭，世界精神仍在继续"升华和荣耀"（*GWFH*，12:98）。这种更高意义的意识在某种程度上增强了哲学家的反讽，特别是因为世界历史舞台上的代理人并没有分享这种全局视角，而且的确常常显得被更高的命运所欺骗。

然而，如果确信一种最高的意义正在消退，那么反讽呢？最早预见到这个问题的人可能是贡斯当，他在1790年开玩笑说："上帝，即我们和我们周遭的作者，在完成他的工作之前就死了……现在一切都发现自己致力于一个不再存在的目标，并且我们尤为感到注定要做一些我们自己都毫无概念的事情。"[1] 贡斯当在一封信中提出了这种推测，这封信直到二十世纪初才出版，几乎不可能引发诸如世界

1　Gustave Rudler, *La jeunesse de Benjamin Constant* (Paris: Colin, 1909), 377.

3. 古代和现代世界中的反讽

历史的反讽、上帝的反讽以及世界的普遍反讽之类的话题，如今它们在反黑格尔的基础上，以及上帝之死中发展出来。正是海涅在故意的反讽语境中铰接了这些主题。例如，他在其1826年的《勒·格朗记》中将世界描述为：

> 梦见一个陶醉的神，他偷偷地从众神的狂欢中退下，躺在一个孤独的星星上睡觉，不知道自己也创造了他所梦的一切，梦境时常疯狂可怕地成形，但又和谐可感——伊利亚特、柏拉图、马拉松战役、摩西、美第奇的维纳斯、斯特拉斯堡大教堂、法国大革命、黑格尔、蒸汽船等，在这个创造性的神圣梦幻中都是极好的个体理念。但不久之后上帝就会醒来，揉拭他困倦的眼睛并微笑！——而我们的世界将消失于虚无，实际上，将永远不复存在。（*SW*，2:253）[1]

正是在这种情况下，海涅使用了诸如"上帝的反讽"和"世界的反讽"之类的术语，并提到了"在上的世界舞台之伟大诗人的反讽"。他称上帝为"天上的阿里斯托芬"，是"宇宙的作者"，他"在今生的所有恐怖场景中都混合了

---

[1] Heinrich Heine, *Sämtliche Werke*, ed. Klaus Briegleb（Munich：Hanser, 1971）. 对此文本的引用被称为 *SW*。

许多欢乐",以及他认为"我们的上帝仍然是比蒂克先生更好的反讽者"(*SW*,2:424,522,282;3:427)。与黑格尔相反,海涅的"上帝的反讽"和"世界的反讽"概念产生于对这个世界合理秩序的信念的消失,并源于"世界的巨大破裂",它"从中间撕裂了世界",也贯穿了诗人的心,就像"世界中心"一样,诗人的心被"严重撕裂了"(*SW*,3:304)。"曾经世界是完整的,"海涅说,"在古代和中世纪,尽管那儿有各种明显的斗争,但世界仍是一个统一体,还有完整的诗人。我们将尊重这些诗人并从他们那获得喜悦;但对他们整全性的每一次模仿都是一个谎言——是每一个理智的眼睛都会发现,然后必然遭到鄙视的谎言。"(*SW*,3:304)

4

然而,正是尼采从这些关于世界的普遍反讽的讨论中得出了最激进的结论。在一个例子中,当他试图用完全古典的术语描述自己的态度时,他甚至提到了具有黑格尔风格的术语,但随后不经意地给它添加了绝对现代的成分,并说:"热爱命运〔amor fati〕是我最内在的本性。但这并

3. 古代和现代世界中的反讽

不排除我对反讽甚至是世界历史的反讽的热爱。"(*FN* 6：363；GM，324)[1] 但尼采通常回避"反讽"一词，因为他品味到其中有太多浪漫主义色彩，而更喜欢经典的"佯谬"概念，他将其翻译为"伪装"。例如，在他未出版的断片中，尼采将"佯谬的增加"视为存在者中上升序列的指标："在有机世界中，佯谬似乎缺然；在有机体中，狡猾开始了；植物已然精通此道。像恺撒、拿破仑（司汤达这样说他）般的最高级人类，与较高种族（意大利人），希腊人（奥德修斯）〔在这方面〕一样；狡黠属于人类的崇高本质。"(*FN* 8：10，159)

在少数几个例子中，我们碰到了尼采作品中的这一术

---

[1] Friedrich Nietzsche, *Kritische Studienausgabe*, ed. Giorgio Colli and Mazzino Montinari, 15 vols. (Berlin：de Gruyter, 1980). 对此版本的引用被称为 *FN*。当可能时，下列译本将被采用：Friedrich Nietzsche, *The Birth of Tragedy and the Case of Wagner*. trans. Walter Kaufmann (New York, Random House, 1967)；Friedrich Nietzsche, *Untimely Meditations*, trans. R. J. Hollingdale(Cambridge：Cambridge University Press, 1986)；Friedrich Nietzsche, *Daybreak*, trans. R. J. Hollingdale(Cambridge：Cambridge University Press, 1982)；Friedrich Nietzsche, *The Gay Science*, trans. Walter Kaufmann(New York：Random House, 1974)；Friedrich Nietzsche, *Beyond Good and Evil*, trans. Walter Kaufmann(New York：Random House, 1966)；Friedrich Nietzsche, *On the Genealogy of Morals*；*Ecce Homo*, trans. Walter Kaufmann and R. J. Hollingdale (New York：Random House, 1969)；Friedrich Nietzsche, *Twilight of the Idols*；*The Anti-Christ*, trans. R. J. Hollingdalti(New York：Penguin Books, 1968). 相关中译本可见孙周兴或刘小枫组织编译的版本。

语，反讽多半具有负面含义。例如，早期文本"历史学对于生活的利与弊"（1874年）将反讽描述为历史学术似曾相识的"实践悲观主义者"态度，而不考虑未来。这里出现的"反讽存在"和"反讽自我意识的类型"，"的确是一种天生白发"并自我表现为"老气横秋"，那些"回首、清算、总结，简而言之，就是通过记住曾经的历史文化来寻求慰藉"（*FN* 1:303；*UM*，101）。结合这样一种回顾性的态度预兆未来，几乎没有保存什么可以让人们真正欢喜的，因此人们继续怀着这样的感觉："只要大地继续承负我们！而如果它停止承负我们，那也很好。"尼采补充说："那是他们的感觉，因此他们过着一种反讽存在。"（*FN* 1:302；*UM*，100）他承认，就其"起源"而言，人类的一切都需要"反讽的考量"，但这恰恰是为何反讽在世上对他而言如此多余的原因（*FN* 2:210；*HH*，120）。尼采认为，反讽的习性有损品格："最终人们变得像一只学会了如何笑却忘了如何咬的猛犬。"（*FN* 2:260；*HH*，146—147）

从历史上讲，反讽的起源是"苏格拉底时代"，即"生活在厌倦本能者当中，古代雅典的保守派当中，让他们自己走——'向幸福'，如其所言；向快乐，如其所事——而他们仍然一直在讲述古老的大话，他们的生活不再赋予他们任何权利"。在这个世界上，需要反讽，尼采说："也许

3. 古代和现代世界中的反讽

亟须的是对灵魂之伟大的反讽,是古代医生和群氓之辈的那种苏格拉底式的恶毒的沉着,他们用一道目光毫不顾惜地切入自己的身躯,同样亦切入'高尚者'的身躯和心魂,那目光明白说道'在我面前你们就别装了!在这里——我们是平等的'。"(*FN* 5:146;*GE*,138)反讽在现代也作为存在的必要条件。尼采在"平庸的道德"中发现了它,这种道德讲的是"适度、尊严、义务和博爱",而只追求自身类型的延续和传播。这样一种道德,他认为,"会发现它难以隐藏其反讽"(*FN* 5:217;*CE*,212)。

总之,反讽在尼采看来是代表颓废的多种生活形式之一。就学者而言,反讽是耸耸肩表示"他们在哲学中什么也看不到,只看到一系列受批驳的体系和一种对谁'都没有用'的大肆挥霍"(*FN* 5:130;*CE*,122)。反讽是"平庸的耶稣会主义,它本能地为了消除不同寻常的人而工作,试图折断每一把弯弓,或者最好是把它弄直"(*FN* 5:134;*CE*,126)。反讽者是一个"不怨不嗔之人",不再知道如何肯定与否定(*FN* 5:135;*CE*,126)。是非有违他的胃口。相反,他喜欢保持一种"高贵的节制",通过重复"蒙田的'我知道什么?'或苏格拉底的'我知道我一无所知!'或者:'在此我不信任自己,在此没有门对我敞开!'或者:'即使有人打开,为什么要立即进入?'或者:'所有轻率的假设有什么用？享受完全不假设可能是好品位的一部分。你必须坚持立即矫正扭曲之物吗？要用麻絮填充每个孔吗？难道没有时间吗？难道时间没空吗？噢你邪恶的焦虑，你就不能等待吗？不确定也有其魅力；斯芬克斯也是一个喀耳刻；喀耳刻也是一名哲学家'"（FN 5:137—138；CE, 129—130）。

然而，当尼采一如既往地谈到颓废的话题时，他的直接评价开始转变，很快让我们注意到他对这种现象的偏爱。被引用的最后一句引文来自他关于怀疑主义的格言。这条格言继续描绘了同时代的法国，对尼采来说，"作为一切怀疑论魔法的学校和展台，才真正恰当地表明了它在欧洲的文化优势"。法国一直以类似的方式拥有"一种大师般的灵巧，它的精神所发生的那些即使最后患无穷的转折，总能倒转为某种撩拨和诱惑"（FN 5:139；GE, 130—131）。颓废现在看来是有利的。格言反而只是受到波德莱尔、法国浪漫主义和象征主义启发的整个系列之一，所有这些都与尼采对反讽的处理密切相关。[1]然而，在研究中，我们必须

---

[1] See on this Karl Pestalozzi, "Nietzsches Baudelaire-Rezeption," in *Nietzsche-Studien* 7 (1978): 158—178; and Mazzino Montinari, "Nietzsches Auseinandersetzung mit der französischen Literatur des 19. Jahrhunderts," in *Nietzsche heute: Die Rezeption seines Werkes nach 1968*, Amherster Kolloquium 15, ed. Sigrid Bauschinger, Susan L. Cocalis, and Sara Lennox(Bern: Franke, 1988), 137—148.

3. 古代和现代世界中的反讽

超越反讽一词所设定的限制。

尼采作品中关于反讽的复杂构型，通常表现为一种生活艺术［ars vitae, savoir vivre］，一个好的切入点是面具的主题，他在《善恶的彼岸》的"自由精神"与"何为高贵？"两章进行了揭示。这个话题与佯谬［dissimulatio］的经典概念有关，而反讽［eironeia］则被这样的印象所指出，关于面具最突出的格言，《善恶的彼岸》第 40 号似乎采用了苏格拉底的西勒诺斯形象，尽管文本中没有出现苏格拉底的名字。尼采在这条格言中说："我应该能够设想这么一个人，他不得不藏起某种贵重而易损之物，像一个钉着厚铁皮的发绿的陈年酒桶那样，一生都在粗鲁地辗转打滚：这是他的羞耻所做的精细打算。"（*FN* 5:58；*GE*, 51）这种对比是讨论的重点之一——如同羞耻，避免开放和赤裸——并引发了一个问题，"莫非对立面"才是"某位神祇的阴私借以出场的合适伪装么"（*FN* 5:57；*CE*, 50）。关于人类的行为，尼采继续说："有些经过是如此细微，所以用一句粗话掩盖过去使之不可辨认的做法是对的；有些行为是爱，是过分的大度，背后最该做的却是拿根棍子痛打目击者：这样来模糊他们的记忆。有些人则善于模糊和糟蹋自己的记忆，为的是报复这个唯一知情的自己：羞耻善于发明。"（*FN* 5:57—58；*CE*, 50—51）

在格言的结尾，尼采集中于这样一个"隐藏"者的交流行为，他"出于本能为了沉默和隐瞒而需要谈话"。这样的人"有无穷的托词来避免倾诉"，并且显然"所意愿和要求的是，让他的面具取代他在朋友的心灵和头脑中周巡变幻"。在此我们意识到表现和真实、外表和现实、隐藏和羞耻的原始参考点已经丢失且无法重构。的确，尼采继续谈到人类对面具的渴望："而假设他并无此意愿，那么会有一天他突然醒悟，还是有一张他的面具在那里，——而且，这样很好。每一种深刻的精神都需要一张面具；更有甚者，在每一种深刻的精神周围都持续生长着一张面具，因为这种精神所传递的每一个语词、每一个步伐和每一个生命迹象，都持久地受到虚假亦即浅薄的解读。"（*FN* 5:58；*CE*，51）

"伪装形式中最精细的一种"就是伊壁鸠鲁主义或"某种趣味上的勇敢，这种后来装模作样的勇敢会轻率地接受苦难而抗拒所有的悲怆和深沉"（*FN* 5:225—226；*CE*，220—221）。其他人"利用明朗，因为他们将因此受到误解——他们愿意成为受误解者"（*FN* 5:226；*CE*，220）。科学是另一种伪装，它创造了"明朗的外观"，而那些利用科学的人这样做是"因为科学之性质就是要推断出人类是肤浅的——他们意愿诱导人们走向虚假的推论"（*FN* 5:226；*CE*，220—221）。不羁也不忌惮的精神想要隐瞒他们就是

3. 古代和现代世界中的反讽

破碎的心灵（哈姆雷特、加里亚尼），有时"呆傻本身是面具，用来盖住某个不详的、过于确知的知识"。尼采从这一切得出的结论是："更精细的人道是'在面具前'有敬畏，而不是把心理学和好奇心用到虚假的地方上去。"（*FN* 5：226；*CE*，221）

作为"隐士"，尼采也不相信任何哲学家"会在书里面表达他真正和最后的想法"，是的，他会怀疑"一位哲学家究竟是否能够拥有'最后的和真正的'想法"（*FN* 5：234；*CE*，229）。也许这样一位哲学家写书正是为了掩饰自己所藏的东西，以至于人们好奇"在他这里，莫非在每一个洞穴后面都是而且必须是一个更深的洞穴——位于某块地表之上的一个更广博、更陌生、更丰富的世界，莫非在每一个基础后面、每一次'奠基'下面，都是而且必须是深渊"（*FN* 5：234；*CE*，229）。我们受这些考虑驱使的结论似乎是："每一种哲学也都隐藏着一种哲学；每一个想法也都是一种藏法，每一番言辞也都是一张面具。"（*FN* 5：234）但在此又一次，它属于一种精致的人文主义和哲学化风格的标志，尊重哲学家的面具，而不沉迷于怀疑论的思想，诸如："他这里停下，回望，环顾，他在这里放下了铲子，没有再向深处挖，还有某些可疑之处。"（*FN* 5：234；*CE*，229）

这种不惜一切代价求真的意志属于一种年轻的哲学状态,"通过肯定与否定来攻击人与物"。这是"最坏的那种趣味,对绝对之物的趣味",而人们需要遭到这种趣味残酷的愚弄和滥用,直到他学会"让感觉具有某种艺术,学会冒险尝试一下做作:就像那些真正的生活艺人们所做的那样"(*FN* 5:49; *GE*, 43)。"不,"尼采在其《快乐的科学》序言中说:"这样糟糕的风气,这种'不惜一切代价寻求真理'的意志,这种青年人热爱真理的疯狂实在使我们败兴。他们这一套对于我们可是太熟悉了,太严肃了,太欢乐了,太热情了,太深刻了;我们不再相信,当真理的面纱被揭去,真理还是真理;我们已有足够的阅历不再相信。不要露骨地审视一切,不要亲历一切,不要理解和'知道'一切,如今我们视其为一种体面。"(*FN* 3:352; *GE*, 38)

我们可以继续展示面具与尼采自己的存在之关系,他的双重生活,分身(Doppelgänger)(*FN* 6:266; *GM*, 225)或风格"长的,重的,硬的,危险的思想,以及飞驰的节奏,最快活和最戏谑的情绪下的节奏"(*FN* 5:47; *GE*, 40—41)。然而,似乎已经足够显然地表明,反讽伪装、构型思维和写作、双边交流以及关于生活和哲学的艺术性,是他对于世界的普遍反讽的回应。尼采在《快乐的科学》中拾起这个主题,提出了一个问题:"如果我们最终

3. 古代和现代世界中的反讽

的信念所依赖的一切变得难以置信，如果无物能再被证明是神圣的，除非是错误、盲目、谎言——如果上帝本人被证明是我们最持久的谎言，将会发生什么？"（*FN* 3：577；*GS*，283）

从这个有利的角度来看，尼采不确定"想要不让自己被骗"与让自己被骗相比是否真的"更少有害，更少危险，更少灾难"，"更大的优势是否就在无条件的不信任或无条件的信任一边"（*FN* 3：575—76；*GS*，280—81）。他对这个难题的回答是箴言："让我们保持警惕！"而他用同样的标题在一段格言中来发挥它。这段格言的出发点在于认识到"然而，世界的整体特征是一团永恒的混沌——从某种意义上说，不是缺乏必要性，而是缺乏秩序、安排、形式、美丽、智慧，以及为我们的审美拟人化而存在的其他无论叫什么的东西"（*FN* 3：468；*GS*，168）。假定一个"真理世界"应该具有"它在人类思想和人类价值中的等价物及其衡量标准"，并且可以"借助我们的一点正当理由完全永久地掌握"，这对于尼采是"粗陋且天真的，假如这不是精神病，那就是白痴"（*FN* 3：625；*GS*，335）。这样一个世界"不是事实，而是对一种贫瘠的观察的想象性编织加工；这样一个世界随着事物生成'变动不居'，但永远都是交替的虚假，永远不会趋近真理：因为——没有'真理'"（*FN*

12:114)。然而，假定尼采已将这种"整个存在非凡的不确定性和丰富的模糊性"（*FN* 3:373；*GS*, 76）简化为一种一元论原则，诸如权力意志，或权力意志与永恒轮回的互补关系，肯定不及他对世界的普遍反讽的丰富展开。

5

尼采是后现代时期的"转台"，围绕着现代智识史的进程和方向前进，这的确是一个广泛的共识，即使在他的敌人当中也是如此。这种观点的主要证据是他对理性、真理、道德、宗教以及西方思想所依赖的所有秩序原则的激烈批判。这一关键地位倒是可以归因于尼采的写作方式，即他对真理与幻想、伪装与真实、生活与颓废的反讽关联。几位现代作家直接从尼采那里借用了他的反讽并坦率地承认了这一点。我们只需要想到安德烈·纪德、托马斯·曼和罗伯特·穆齐尔。托马斯·曼公开宣称尼采在其一生中构成了以"反讽"为名的事件。[1] 尽管尼采与这些认为他们自己是后现代主义候选人的作家们非常接近，然而他们缺乏

1　Thomas Mann, *Reflections of a Nonpolitical Man*, trans. Walter D. Morris(New York: Ungar, 1983), 13.

3. 古代和现代世界中的反讽

这样一种对反讽的明确立场。这种对反讽的勉强和对世界的逃避已经在尼采那被注意到，就他而言，这当然与他相信自己正在进行的反浪漫派运动有关。然而，在后现代主义者的写作中，对反讽的回避似乎与反讽在现代智识世界中的显赫地位有关，即它与理性的伴随关系以及它在一般理性主义中的缓解作用。反讽似乎已经通过这种联合自我妥协，因此显得不适合描述后现代的情境，尽管对于这种复杂的现象可能没有更好的说法。

保罗·德曼似乎是这种态度的唯一例外。他明确通过反讽描述了他的文学理论，并达到了将反讽与任何类型的文本等同的地步。然而，德曼从未把自己当作是后现代批评家，但这也许可以归因于该词在其写作之时尚未流行这一事实，或者仅仅通过观察到几乎没有任何作家会将这个词应用于他本人而得到解释。但德曼思想的整个结构，尤其是他对语言象征性以及在每个人类表达中的多义性的信念，完美地使之胜任这个地位；更不用说他的学生对其思想的运用了，他们的"取消阅读"或"让文本落回自身"的技法已成为后现代批评的陈规。

德曼著作当中突出反讽的一个原因，可能只是由于新批评。正如对于某些新批评家（例如布鲁克斯 Cleanth Brooks）那样，反讽在文学作品中曾经是"结构性原则"，同样反讽之于德曼则是文学作品中的断裂性原则。鉴于新批评将反讽、暧昧和悖论视为将诗歌作品的多样性融合在一起，形成了一个完整、和谐、与自身完全同一且自在的有机整体，德曼将反讽设想为符号与意义间的不符，作品各部分之间缺乏连贯性，文学在表达其自身虚构性方面的自我毁灭能力，以及无法从变得难以忍受的局面中摆脱出来。根据《盲目与洞见》(*Blindness and Insight*)和《阅读的寓言》(*Allegories of Reading*)中的格言，反讽实际上与他的解构概念和他的解释技法相符。

德曼还深入研究了反讽之为现代意识的一种特征的历史演变，从施莱格尔到克尔凯郭尔和尼采，及其在波德莱尔《论笑的本质》中的法国对应物。德曼早在1969年的"时间性修辞学"一文中就已经接近他后来的"彻底反讽(radical irony)"("你无法'有点反讽'")[1] 版本，当他描述"绝对反讽"时，在他看来，所有这些作者都以疯狂的意识，无意识的意识，意识的终结来趋近这种反讽。[2]

---

[1] Robert Moynihan, "Interview with Paul de Man: Introduction by J. Hillis Miller," *Yale Review* 73(1983—84):579.

[2] Paul de Man, "The Rhetoric of Temporality," in *Blindness and Insight*, 2d ed. (Minneapolis: University of Minnesota Press, 1983), 216. 中译本见"时间性修辞学"，载《解构之图》，李自修译，中国社会科学出版社，1998，页35。

3. 古代和现代世界中的反讽

反讽不再是一个转义,甚至不再是"转义的转义",之于德曼,是文学的最内在本质:断裂、中断、语言的扰乱,使得作者无法掌握其文本,而读者也无法签订不含糊的阅读协议。反讽概念的问题在于,它把我们带回了文学批评和修辞学的课堂上,并且在限制、禁止和无能的意义上,它完全专注于写作的阴暗面。德曼的反讽实际上与每种语言表达相吻合,可以说,这是语言无意识的副产品。对于施莱格尔来说,反讽也是无意识的,但同时又是绝对故意和有意识的(*FS* 2:160;*LF*,155)。在德曼的概念中,反讽在作者故意结构化的意义上失去了一切暧昧,并且在这种沉闷的普遍性中甚至显得被离散了。

问题的核心当然是如果人们试图超越一个简单的肯定或否定的界限,若是没有变得过于狭隘,或是公然自相矛盾,实际上就不可能写出后尼采式的反讽。正如在尼采那里的情况一样,这种类型的反讽最好通过表演来在行动中传达,这是一种在快乐科学的氛围中运用游戏的逻辑规则的写作。这也许在雅克·德里达的著作中得到了最好的实现。从这种形式的角度来看,他的著作似乎是反讽传统在现代颇为一致的当代对应物。德里达也避免了反讽一词,至少他在其著作中没有对此加以突出。最接近他的反讽概念之处可能是他在"柏拉图的药"开篇讨论"编织纹理的伪装"当中。"文本并非文本，"德里达在其中说，"除非它对先来者隐藏，对乍看之下隐藏，对其构成的法则和游戏规则隐藏。此外，文本永远不可察觉。然而，它的法则和规则并没有隐藏在一个不可接近的秘密中；只是它们当前永远都不能被纳入任何可以严格被称为感知的东西。"然而，德里达著作当中可以被视为我们时代风格中反讽话语的最直接延续，并且展现出与先前讨论中的普遍反讽类似结构的文本，是他 1968 年关于延异（Différance）的文章。[1]

不同于施莱格尔和黑格尔的肯定与否定的辩证风格，以及尼采的生命与颓废的活力对抗，这篇文本是以结构主义，即形式的差异符号学运作为媒介来铸造的，差异概念直接来自那个形式的传统。通过将这种话语与尼采、弗洛伊德和海德格尔的形而上学或反形而上学话语结合起来，德里达给出了关于"差异"这一新动力的符号学讨论。然而，从广义上讲，德里达的差异概念似乎暗示了一种对在场和同一性形而上学的哲学反驳，这种形而上学自起源以

---

[1] Jacques Derrida, "Différance," in *Speech and Phenomena and Other Essays on Husserl's Theory of Signs*, trans. David B. Allison and Newton Garver (Evanston: Northwestern University Press, 1973), 129—160. 对此文本的引用被称为 D. 中译本见《声音与现象》，杜小真译，商务印书馆，2010。

3. 古代和现代世界中的反讽

来就一直主导着西方思想。但这样一种进路从一开始就从根本上将差异和差异性思维曲解为对于在场的替代,只是对先前体系的颠覆,或只是对它的反对。这样一种差异之于在场和同一的关系最终将保留在体系范围之内,并且只是创造了一个与先前相反的新的同一与在场。任务并非将差异展现为对立,而是作为任何同一性结构的载体,并非原子化而是结构运作,并非意义的剥夺或悬置,而是作为意义的存在模式。在黑格尔的辩证法或施莱格尔的反讽中的内在否定原则里面可以看到类似的思维模式。为了充分理解所有这些运作的功能,人们必须先抛下负面的含义,即我们的语言不可避免地归因于此类现象,诸如与在场和同一有关的否定和差异,以及在它们当中先天和后天意义上的任何发生学或目的论的关系类型。

德里达关于差异的思考直接受到索绪尔语言理论的启发。在索绪尔的概念中,语言是一种符号系统,其中能指与所指的关系——例如,词与物、声音与观念——不是自然的、"本体的",或其他任何不可避免的方式,而是"任意的"。换言之,语言符号本身并非自主实体,而是系统要素,它们不是由其内容积极地决定的,而是由它们与系统其他要素的差异来消极决定的。它们是它者所不是。在这方面,语言不是一个同一系统,而是一种差异。这种通过差异来确定的原则，成为了符号学中形式化和差异化运作的决定性方面，也是现代结构主义的指导原则。然而，对于德里达来说，这些现代尝试仅将"结构的结构性"思考为一种功能结构，若没有任何外在于它的事物便无法充分实现其目标，并最终求助于一种超结构基础，人们将差异的展现置于其中。[1] 例如，索绪尔给予表现物质，即人类声音，一种特权地位，而列维·施特劳斯则赋予古朴且纯然的社会一种特殊地位。以更普泛的方式，我们可以将西方形而上学的整个过程视为中心结构的连台演绎，并赋予这些中心各色名目，作为形而上学史的章回：理念世界、上帝、先验意识，诸如此类（SSP，279—280）。德里达自己的尝试的确至少可以部分地被描述为免于这种奠基，或者纯粹将结构思考为在无限的符号交换或无限制的经济体当中的一种有关差异的功能、运作、展示。

差异概念似乎指向这个方向，而解构事业，诸如结构的去中心、分类学的颠覆、意谓和意指的颠倒，似乎是这

---

[1] See on this Jacques Derrida, "Structure, Sign, and Play in the Discourse of the Human Sciences," in *Writing and Difference*, trans. Alan Bass(Chicago: The University of Chicago Press, 1978), 278—294. 对此文本的引用被称为 SSP。中译本见"人文科学话语中的结构、符号与游戏"，载《书写与差异》，张宁译，中国人民大学出版社，2022，页493—517。

3. 古代和现代世界中的反讽

个意图的范例。但德里达的灵感来源绝不只是结构主义者，而且除了"区隔"和"时间化"之外，还有许多疏远和分离的技法使他的尝试与闭合的、可控的、体系化的或"结构的"一系列符号概念区别开来。为了强调这种对差异的多重思考，德里达在他关于差异的文章开篇，以及在整个文本过程中多次提到，差异是可以从"我们'时代'最别致的特征"中思索出的主题（D，135—136），在其中我们可以看到"连接——而非总结——已然最决定性地被铭写在关于被合宜地称作我们的'时代'之物的思想当中"（D，130）。他还说，我们的"时代"可以被描述为"本体论（在场）的限定"（D，153）。作为这种差异思想的实例，除了"索绪尔的符号学差异原则"，德里达还引用了"尼采那里的力的差异"，"弗洛伊德那里的易化（frayage，Bahnung）、压抑和延迟效应的可能性"，"列维纳斯那里的它者痕迹的不可化约"和"海德格尔那里的存在—本体论差异"（D，153）。这些名称和主题表明，对西方在场形而上学的逸出不仅在新的结构主义语言学和符号学中起作用，而且也在我们这个时代的历史、哲学和精神分析话语中起作用，并且这种逸出，这种对传统束缚的克服，很可能被看作我们时代的标志。

在其大约同一时间（1966年）有关列维·施特劳斯的

论文中，德里达提出了一个类似的图景，即时代的趋势是远离传统形而上学的中心基础和统一的秩序原则。如果我们问到这种去中心化发生的时间，德里达在那篇文章中指出，将特定的"事件"，一种学说或一个作者称为这一断裂最明显的标志有些天真，因为这种发生无疑是时代整体的一部分，也许是我们自己的时代，但"总是已经"自我宣告并开始起作用。不过，如果我们仍然坚持选择一些人名作为指示，并唤起"那些在他们的话语中，这一事件最接近其最激进表述的作者"，那么我们无疑会得出下列三个名字。第一，我们会援引尼采的"形而上学批判，即对存在和真理概念的批判，它们被游戏、解释和符号（没有在场真理的符号）的概念所取代"。第二，我们必须援引弗洛伊德的"对自我存在的批判，即对意识、主体、自我同一性和泰然自若的批判"。第三，我们将会援引海德格尔"对形而上学、本体论神学、存在之为在场决断的摧毁"（*SSP*，280）。

德里达有着超越形而上学的想法，然而，这种想法要求同他与在场和同一有关的差异结构概念一样的警戒态度，并且归根结底只是对同一现象的另一种表达，只不过是历史表达。形而上学的这种超越或转化取决于闭合与终结的微妙区别。包含在闭合的逸出中的——形而上学的终结、哲学的终结、人的终结——能够承受不确定性。闭合意

3. 古代和现代世界中的反讽

义上的逸出不会抵达对形而上学的超越，但在形而上学的掌握中却可以无穷地继续下去，正如关于这场运动的开始一样，我们已经注意到它"总是已经"自我宣告并开始起作用。

但除了关乎同一性的差异结构模式，以及逸出在场形而上学的历史图景之外，还有第三种找出差异的方式，这关乎在语言、哲学话语和写作当中表征差异功能的语义学方面。严格来说，我们于此正在进入我们的语言实际上不允许我们表达的区域。几乎所有用来描述差异的词语和概念，尤其是诸如间隔、划分、保留和前摄之类的术语，都有赖于同一且自在的形而上学，而德里达则试图脱离并解构它。差异因而似乎是施莱格尔在关于反讽的特征中列举"完全交流的不可能性和必要性"的最严格的例子。这种语病，如果我们暂且用这个否定性的名字来称呼它的话，那么对德里达来说，这只是差异的另一个符号。从这个角度看，语言并非源于言说主体，并非该主体的可决定功能，而是该主体被铭写进语言中，是语言的一项功能，符合差异的调用，是游戏的一部分。

德里达充分意识到，就标明差异的任务而言，他陷入了循环，并且他将永远无法超越在场和同一的思维，因为他的语言不允许他那样做。但他认为，如果人们尝试动摇形而上学，那么放弃形而上学的概念便是荒谬的。"我们没有语言——没有句法也没有辞典——它们之于这段历史是异质的，"德里达说，"我们无法说出哪怕一个解构命题，这样的命题没有已然陷入形式、逻辑和隐含的假定之中，而这些正是它试图对抗之物。"我们甚至无法在不保持与形而上学共谋的情况下念出"符号"一词，因为符号总是意味着"的符号"，因而重建了它想要颠覆的在场形而上学。这些概念绝不是孤立的元素或独立的原子，而是与句法系统集成在一起的。借用其中之一就会让人联想起整个形而上学（*SSP*，280—281）。这是一种绑定，双重绑定的立场，需要双重游戏和双重姿态。并且正是通过这些技法，德里达的书写在现代话语中实现了反讽的延续与重制。

4.反讽与自我指涉性

一般而言,与根据历史时期的规定无关,反讽最关键的议题在于自我意识的言说和写作领域,并涉及关于真理的语言表达、交流和理解问题。反讽的表达方式可以描述为试图通过大量的口头策略,至少是间接地,实现直接交流无法达到的程度,做到不可言喻的表达,从而超越常规话语和直言不讳的限制。然而,这种态度自动构成了对于普遍理性和知性的冒犯——这种冒犯未必是反讽者有意为之,而是某种程度上与其主张不自觉地联系在一起,并且公众几乎习惯于这样认为。苏格拉底便是该星丛的首例。

反讽交流中对理性与合理性的隐含批判同样在现代引

起了非常严厉的批评。黑格尔不仅将反讽斥为空虚与毁坏，甚至还引用了启示录将这种态度描述为邪恶的最终化身，深渊中的野兽。对尼采的有效反对，与其说在于针对其哲学的批判性论战著作当中，不如说是在于对其思想的决定性还原当中，在于消除其文本丰富的暧昧和无限的反思，在于将其多重风格敉平为惯常哲学家式的，"最后的形而上学家"，[1]他宣告了平直的教义，诸如权力意志是其思考的最终结果。就德里达而言，这种反应并没有怎么表现为以实践为导向的马克思主义批评类型，而更多地表现为对于讨论者之间的连续性、边界一致性和明确同意的丧失所带来的释义学愤慨，它们被替换为不连续的断片式反讽交流模式。

这种特定的指责，在其中这一批判被表达为，在对理性和哲学的任何全面批判中必然暗示着一种表述性的自我指涉矛盾：人们如果不对这种批判釜底抽薪，不否认这种批判，其本身就是理性与合理性的一种表达，那就无法以一种绝对的方式来批判理性与哲学。正如人们很容易意识到的那样，这种指责不仅针对批判理性和形而上学的解构

---

[1] 译注：这里指的是海德格尔在《尼采》讲座中，将尼采判定为最后一个形而上学家的著名论断。对此问题的进一步辨析，可参见贝勒尔，《尼采、海德格尔与德里达》，李朝晖译，社会科学文献出版社，2001。

4. 反讽与自我指涉性

方式，而且还针对现代性的整个怀疑论反讽话语。足够典型的是，由于其高度自我反思的特性，反讽话语本身对于作为一种持续循环技法的自我指涉性作了批评性的否定观察。它尤为偏好玩弄强加给我们的自相矛盾，这是通过铭写在语言中的我们的存在，以及通过语言被强加给我们的深层决定所强行施加的。自浪漫主义时代以来，对于我们语言内在性的自我批判意识的确是现代性的特有标志，并且随着尼采达到了新的强度。[1] 三位作者被选为这种话语的代表，施莱格尔、尼采和德里达，在他们自己的文本中主题化了对他们反讽的自我指涉含义，并通过这样的反思实现了施莱格尔所划定的"反讽之反讽"（*FS* 2:369）。[2] 尼采在竭尽所能地严格推论权力意志为终极实在之后，嘲讽地问："假设这只是一种解释——你会十分渴望提出反对意见

---

1 See on this Constantin Behler, "Humboldt's 'radikale Reflexion tiber die Sprache' im Lichte der Foucaultschen Diskursanalyse," in *Deutsche Vierteljahresschrift* 63(1989), 1—24; Josef Simon, "Grammatik und Wahrheit," *Nietzsche-Studien* I(1972):1—27.

2 Friedrich Schlegel, *Kritische Ausgabe seiner Werke*, ed. Ernst Behler with the collaboration of Jean-Jacques Anstett, Hans Eichner, and other specialists, 35 vols. (Paderborn-Miinchen: Schoningh, 1958—2002). 对此文本的引用被称为 *FS*。当可获得时，译文采用 Friedrich Schlegel, *Lucinde and the Fragments*, trans. Peter Firchow(Minneapolis: University of Minnesota Press, 1971), 称为 *FS*。

吗？——好吧，那就更好了。"(*FN* 5：37；*CE*，30—31)[1]
德里达对于一种解构与形而上学的不自觉共谋的反思也必须从类似的角度来看待。

1

转向差异，更具体地说是德里达关于延异（Différance）[2]

---

[1] Friedrich Nietzsche，*Kritische Studienausgabe*，ed. Giorgio Colli and Mazzino Montinari，15 vols.（Berlin：de Gruyter，1980）. 对此版本的引用被称为 *FN*。当可能时，将使用下列译文：Friedrich Nietzsche，*The Birth of Tragedy and the Case of Wagner*，trans. Walter Kaufmann（New York，Random House，1967）；Friedrich Nietzsche，*Untimely Meditations*，trans. R. J. Hollingdale(Cambridge：Cambridge University Press，1986）；Friedrich Nietzsche，*Daybreak*，trans. R. J. Hollingdale(Cambridge：Cambridge University Press，1982）；Friedrich Nietzsche，*The Gay Science*，trans. Walter Kaufmann(New York：Random House，1974）；Friedrich Nietzsche，*Beyond Good and Evil*，trans. Walter Kaufmann(New York：Random House，1966）；Friedrich Nietzsche，*On the Genealogy of Morals*；*Ecce Homo*，trans. Walter Kaufmann and R. J. Hollingdale（New York：Random House，1969）；Friedrich Nietzsche，*Twilight of the Idols*；*The Anti-Christ*，trans. R. J. Hollingdale(New York：Penguin Books，1968）.

[2] Jacques Derrida，"Différance，" in Jacques Derrida，*Speech and Phenomena and Other Essays on Husserl's Theory of Signs*，trans. David B. Allison and Newton Garver（Evanston：Northwestern University Press，1973），129—160. 对此文本的引用被称为 *D*。中译本见《声音与现象》，杜小真译，商务印书馆，2010。

4. 反讽与自我指涉性

的文章，我们首先应该注意到，动词区分（to differ）在法语差异（différer）和拉丁语延迟［differre］中具有两种截然不同的含义——差异与延迟——因此可以指示两种基本不同含义之间的差别："一方面，它表示差异，如同区别、不平等或可辨识性；另一方面，它表示延迟的介入，间隔与时间化的区间，将当下被否定之物推延到'以后'，当下不可能之物推延至可能。"（D，129）德里达使用"différante"的现在分词中的字母 a，构建了一个带有可见而不可闻的拼写错误的名词延异（Différance），它被设定为在"作为间隔/时间化和作为构建每种分离运动"两种意义上指涉差异，即差异之为延迟和差异之为区分（D，129—130，136—137）。头衔中的 a 和这个怪异词汇的随后用法因而便没有印刷错误，而是德里达故意引入的，以使得差异比它通常情况下与自身相比差别更大（D，129）。

然而，这种创造"既不是一个词，也不是一个概念"（D，130）。试图勾勒出延异的本质及其多重结构，我们会发现其本质"无法被揭示"，因为我们只能把在某一刻能够被表现为在场者揭示为"在场者的真理或在场者的在场"（D，134）。然而，延异"既不存在，也无本质"，甚至不能从否定神学的意义上加以定义，实际上它"对于每种本体论的或神学的——本体神学的——再次挪用都是不可化约的",并代之以"开启了这样一个特定的空间,在其中本体神学(哲学)生产了它的体系和历史"(*D*,134—135)。鉴于延异的非逻辑结构,这种现象也不允许任何话语和程序的秩序来以一种合理顺序发展其内容,也不再允许"逻辑哲学话语的路线",甚至不允许"逻辑经验话语"。然而,在常规哲学理路的这些替代方案之外所剩下的就是游戏活动,而概括延异潜力的一种方法实际上是通过锚定游戏概念中的符号学维度。

在经典符号学中,符号功能中的游戏特征被"在场的权威"所压制。符号仅仅是事物的替代品,因而是次要且临时的象征。符号是次要的,因为它是"最初失去在场之后的其次",并且是临时的"关乎其最终迷失的在场"(*D*,138)。然而,根据索绪尔的新语言学,德里达可以说:"每个概念都必定本质上被铭写在一个链条或系统中,在其中它通过系统的差异游戏来指代它者或其他概念。"(*D*,140)就此而言,延异就是差异的游戏,即"游戏的运动"。这种游戏或其产物的效果不是一个"主体或实体、一般事物,或于某处在场而自身逃离差异游戏的存在"的结果。它们毋宁说是"痕迹",不能脱离它们的语境,也不能与延异的交互游戏相隔离(*D*,141)。

当这些效果出现在"在场阶段"时,它们总是与自身

4. 反讽与自我指涉性

以外的事物相关。这样一种效果，这样一个痕迹"保留了过往元素的印记，并且已经通过与未来元素的关系之印记而使其自身被掏空了"（D，142）。它的在场因而是由"其所不是，其所绝对不是"（D，142—143）构成的。为了充分认识到此处发挥效用的差异的相互作用，我们不应将过去和未来误解为一种"修改后的当下"，也不应忽略将当下与过去和未来分开的"间隔"。这个间隔还划分了"当下本身"和"伴随着当下，在其基础上可以被设想的一切，即一切存在——特别是对于我们的形而上语言来说，即实体或主体"（D，143）。简而言之，当下必须以延异的视角来看待，"作为一种'原初的'不可化约的非单纯性，因此从严格意义上讲是痕迹、保留和延伸的非原初综合"（D，143）。延异在任何情况下都不来自于"当下存在，它能够成为世界上的某种事物、力量、状态或权能，我们可以给予它各种各样的名称：一个什么，或作为一个主体，一个谁的当下存在"（D，145）。

我们因此碰到了一个没有本源［arche］的延异概念（D，145—146）。在早些时候，我们已经意识到，根据延异的要求，不能假定主体及其语言之间原发性和派生性的关系，语言不是言说主体的一种功能，毋宁说主体被铭写进语言之中。这种对本源［arche］的消除必须被保留在有关符号学的一切当中，直至于"保留了与延异主题不相容的任何形而上学前提"的每个符号概念（*D*, 146）。

但问题在于，在主体通过言说和表意进入差异范围之前，它是否没有"以一种默然直截的意识"享有在场和自在（*D*, 146）。意识先于言说和符号，接着会给予我们"自在，一种对于在场的自知觉"，即"鲜活的当下"的状态（*D*, 147）。"这种特权，"德里达说，"是形而上学的以太，这是我们的思想在形而上学语言范围内所特有的元素。"然而，在我们的世纪，正是胡塞尔通过先验现象学计划，最直接地关注了这一主题，并最严格地研究了纯意识的结构。为了解构这一立场，人们必须表明在场，特别是意识（"意识的下一个存在本身"）绝非"存在的绝对物质形式"，而是一种"决定"，一种"效果"，即系统中的一种效果，"其不再是在场系统而是延异系统"。德里达增加了对这项任务的表述，在场系统是如此紧密，以至于仅仅为了命名该方案，"就要继续按照被限定的特定事物的词汇来运作"（*D*, 147）。

然而，在此人们应该注意到，德里达本人在早期的研究中尤为致力于胡塞尔的先验现象学和纯粹意识，从而试图施行这项任务。[1] 德里达自己针对胡塞尔的批判中的主要

1　*La voix et le phénomène*（1967）。中译本见《声音与现象》，杜小真译，商务印书馆，2010。

4. 反讽与自我指涉性

观点是，先验现象学的基本原理，即"鲜活的当下"中意义的无时空自我呈现已经失败了，这是因为语言的象征性特征，"意识流"和"内时间"，以及与非当下的所有关系隐含在这些经验中：不但非同一性被铭写进当下，死亡也被写入生活。然而，我们应该补充说，对于胡塞尔本人而言，独立于语言、时间和"生活世界"的先验意识概念已经成为严重的问题。实际上，德里达对胡塞尔的批判的一个要旨，是指出纯粹自在的旧形而上学梦想与通过胡塞尔现象学研究所获得的实际结果之间的差异。

在描绘延异的这一点上，德里达离开了符号学话语并转向尼采和弗洛伊德，二者"质疑了意识的自信态度"，并以他们自己的方式通过完全不同类型的哲学论证提出了关于意识的延异概念（*D*，148）。尼采通过对"伪装之物的逃避和诡计"的"积极解释"，用"不断解码"代替"真理之为事物本身于其在场中呈现"，完成了这一转变（*D*，149）。尼采无止境的解码或无限解释的结果是"没有真理的密码，或者至少是不受真理价值支配的密码系统"，在尼采那里，延异是"'不同的力'和'力之间的差异'的'主动的'（运动中的）不和，借此尼采反对整个形而上学语法系统，无论该系统在何处控制着文化、哲学和科学"（*D*，149）。

对于弗洛伊德，质疑在场的首要性在于意识假定了"对意识权威的质疑"的特殊扭曲。差异的两种不同含义，即差异之为区分和延迟，体现在延异当中，"与弗洛伊德的理论紧密相联"，正如在弗洛伊德的追迹、疏导、突破、记忆、铭写、无保留的谈话和延迟的概念中显而易见的那样（D，149—150）。德里达专注于弗洛伊德在其《超越唯乐原则》中发展出的特殊的迂回（Aufschub）概念，据此自我的自保本能促使人们用现实原则暂时替代了快乐原则。"现实原则，"弗洛伊德认为，"并没有放弃最终获得快感的意图，但是它要求并实现了推迟满足，放弃了获得满足的多种可能性并且暂时容忍不快乐，作为迈向快乐的长期迂回（Aufschub）上的一步。"（D，150）[1] 我们当然还可以看到延迟的模式，在生命通过延缓死亡来自保的运动中，或在记忆活动中，甚至在文化运作中，并且根据弗洛伊德的心理结构模型，在弗洛伊德的语境中得出了相似的延异表征。

但我们绝不应该从黑格尔辩证法的意义上解释弗洛伊德关于延异的经济运动，根据这种辩证法，延期的当下总

---

[1] Sigmund Freud, "Jenseits des Lustprinzips," in *Sigmund Freud*, *Studienausgabe* (Frankfurt: Fischer Taschenbuch, 1982). vol. 3, 219—220. 中译本参见"超越唯乐原则"，载《自我与本我》，徐说译，海南出版社，2023。

会被恢复，并且它"相当于一项只是暂时的投资，推迟了在场之呈现而没有任何损失"（D，151）。黑格尔的体系是一种"受限的经济学"，与"无限耗散、死亡、无意义的存在无关"，然而弗洛伊德式延异的无保留想法是一场"无论谁输谁赢人们都同时既输且赢的游戏"（D，151）。弗洛伊德的无意识不是"一种隐藏的、虚拟的和潜在的自在"，不是坐在某处的"授权主体"，不是"一种对当下的简单辩证复合"，而是"彻底的异质性"，即"一个从未存在也永远不会出现的'过去'"，并且"在那里'未来'也永远不会以在场的形式被产生或再生出来"（D，152）。

2

经由这些不同的思维模式的质疑，延异之于德里达是"在场或存在性当中存在的决定"（D，153）——可决定的原则意义上的存在性，一切存在者的可确定基础。这种质疑几乎立即导致了对"延异是否在本体存在论差异的传播中找到其位置"的考量，如同在"海德格尔的沉思"（D，153）中被设想的那样，并且由该哲学家提出作为存在论差异，作为存在与存在者之间的差异。正如海德格尔自《存在与时间》（1927年）问世以来一直坚持的那样，作为一切存在者基础的"存在"与"存在者的多样性"之间的区分一直是西方形而上学最普遍的前提，而从未在其假定中受到质疑。一切西方思想的形而上学大厦都是建立在这个基础上，但是它是如此摇摇欲坠，据海德格尔所言，以至于所有立足于此的建筑似乎都是脆弱的。对于海德格尔，存在与存在者之间的这种存在论差异最可疑的方面是，由这种差异产生的存在概念必定仍旧如此模糊和抽象，以至于只有最普遍的事物可以述谓存在（HN 4: 157）。[1] 换言之，存在，而非存在之思，被排除在我们的思维之外，而被囊括进一种遗忘的进程，这种进程具有这样无边的性质，"以至于那种遗忘也陷入其自身的漩涡"（HN 4: 193）。

这对于海德格尔是西方最重要的事件，面对这一事件，他以一种千变万化的方式表达了贯穿他整个写作生涯的困惑："在西方思想史上，从一开始存在者的存在就的确被思考，但存在之为存在的真理仍未被思考；不仅这样的真理被否认作为思考的可能经验，而且作为形而上学的西方思想，尽管不自觉却明确地掩盖了这种拒绝的发生"（HN 3:

---

[1] Martin Heidegger, Nietzsche, trans. David Farrell Krell and others, 4 vols. (San Francisco: Harper and Row, 1979—1985). 对此文本的引用被称为 HN。中译本见《尼采》，孙周兴译，商务印书馆，2015。

4. 反讽与自我指涉性

189—190）。如果我们没有掩盖这种拒绝，我们将不得不承认，我们在这些基础上继续一个又一个地建立起的形而上学形式"根本没有任何基础"（*HN* 4:163）。与这种强调西方思想中的"存在论差异"紧密相关的是，对于海德格尔而言，关键的任务是消除由此产生的所有思想成分。该计划首先在《存在与时间》中概述，标题为"存在论历史的现象学解构"，一种对形而上学的解构。[1]在这种尝试中，海德格尔的计划与德里达对形而上学的解构直接相关。在这两种情况下，对形而上学的批判根本不意味着对我们传统的解构和废除，而是对我们的思想立基于其上的基础进行拆解。

德里达一再赞扬海德格尔关于形而上学的批判性思维方面的创新，并强调"没有海德格尔问题的展开"，他自己的努力将是不可能的，而且首先，不可"没有注意海德格尔所称的存在与存在者之间的差异，诸如本体存在论差异，在某种程度上，它仍旧未被哲学所思考"。然而，由于倾向于海德格尔对形而上学的批判，德里达仍然试图"在海德

---

[1] Martin Heidegger, *Sein und Zeit*. 15th Edition with the Author's Marginal Notes(Tübingen: Niemeyer, 1979), 19—27. 中译本见"解构存在论历史的任务"，载《存在与时间》，陈嘉映译，商务印书馆，2016，页 29—39。

格尔的文本中定位——该文本绝非同质、连续、处处均等于它所提出的问题的最大力量及一切后果——属于形而上学或他所谓的本体论的标志"。在这些海德格尔的形而上学"保留"中，"差异最终确定为本体存在论差异"，在德里达看来，"是一种奇特的方式，而在形而上学的掌握中"。[1]

为了更全面地揭示形而上学批判中的这一关键方面，我们应该补充一点，海德格尔以两种基本形式，结构的和历史的，提出了遗忘的概念，即对存在的遗忘。第一个是从现象学，即先验释义学的基础上进行的，在于"此在（Dasein）之分析"，它标志着早期工作，尤其是在《存在与时间》当中。然而，这一计划转变了，并导致了海德格尔思想中的回心（Kehre），因为他逐渐认识到现象学、先验论和释义学本身就属于"本体论的历史，因此绝不能'摧毁'或取消掉那个历史"。[2] 这就是为何对形而上学的解构计划要按照海德格尔所言，作为形而上学的存在史来进行的原因。作为形而上学的存在史似乎允许一个历史之外

---

[1] Jacques Derrida, "Implications," in *Positions*, trans. Alan Bass(Chicago: The University of Chicago Press, 1981), 9—10. 中译本见"意蕴"，载《多重立场》，佘碧平译，生活·读书·新知三联书店，2004，页11。

[2] Martin Heidegger, *The End of Philosophy*, trans. with an introduction by Joan Stambaugh(New York: Harper and Row, 1973), ix. 中译本见"哲学的终结和思想的任务"，载《面向思的事情》，孙周兴译，商务印书馆，2014。

4. 反讽与自我指涉性

的立场，一个没有自我指涉性的立场。海德格尔关于尼采的演讲是关于这一主题最具决定性的著作。

从这一观点出发，将存在指定为关于存在的真理这一行为"本质上是历史性的"，并且"总是要求通过某个人类而被享用、奠基、传达，并因此得到保存"（*HN* 3:187）。这不是因为人类历史会随着时间进程而发展，也不是因为人类历史积极的发展进步特征，即它在启蒙解放意义上的运动，而是因为"某个人类总是要担负起一种决断，即对指定给他们的在存在者之真理中间存在的方式的决断"，因为人类"被移置（发送）到形而上学中了"，并且因为"只有形而上学才能够为一个时代奠基，因为形而上学使某个人类拘执于一种关于存在者之为存在者整体的真理中，并且因此把它保持在这种真理中"（*HN* 3:187）。真理的历史发生总是需要从这样一个人类特定的思想家内部（柏拉图、笛卡尔、莱布尼兹、康德、黑格尔、尼采）来召唤，接受真理的保存，并继续"形而上学的统一本质一再展开并重构自身"的方式（*HN* 3:187—188）。显而易见的是，正是存在之历史的后一个主题最直接地将海德格尔与后现代的哲学之终结的论断联系起来。然而，德里达的海德格尔形象试图保留整个海德格尔话语的多面性和惯常暧昧态度。

出于当前的目的，仅用几笔就足以描绘出海德格尔的作为形而上学的存在史中的主要立场。例如，在西方历史开端的巴门尼德那里，助动词是［einai］变成为名词存在［to einai］，从而成为一个概念。当柏拉图将这种存在之为所有存在者的基础进行区分时，这一发展中最决定性的步骤发生了。柏拉图对存在者之存在（ontos on, Sein des Seienden）的区分正是海德格尔视为对西方形而上学进程至关重要的存在论差异。在先后、主次、表里以及将存在划分为两个领域、两个世界的意义上，它所蕴含的一切都已铭写在了这一原初区分中。柏拉图已将存在的真理确定为理念，并用善好［agathon］的概念来规定它，即能够知道"什么对于某事物及其本身是合适且有益的"（HN 4: 169）。价值理念已经暗含在这个观念当中。从现在开始，西方的形而上学是理念论和柏拉图主义，乃至于其早期形式如今也表现为"前柏拉图哲学"（HN 4:164）。通过将存在者之存在确定为理念，并赋予其生活当中的善好、高贵的品质，柏拉图在存在论差异当中引入了一种限定，暗含了诸如精神对物质，灵魂对身体，言说对书写的歧视。

　　面对存在和存在者的划分，哲学的关注越来越集中在"存在是什么"这个问题上，即在某物在场、可客观化、可确定、可管理的意义上，存在之为存在（to on he on, Sein als Sein）的问题沉寂了。为了可感事物而对存在的压制，

4. 反讽与自我指涉性

与主体的自我赋权相结合，成为知觉的来源，即对于存在的科技宰制的基础和掌控。笛卡尔和康德将柏拉图的理念转变为人类的感知，并把先验主体性作为存在者的可能性条件。关于主体性的决定性思想扎根西方，使一切人格化。最后，黑格尔和尼采根据其两个组成部分强化了人类主体性概念（理性动物［animal rationale］）——黑格尔通过将理性［rationalitas］作为其思辨形式当中的决定性原则，而尼采则通过宣称野蛮［brutalitas］和兽性［bestialitas］是主体性的绝对本质（HN 4:148）。随着存在的逐渐丧失，存在之遗忘，这个过程如今正走向哲学的终结，旧世界的终结，并完全沉浸于"美国时代"的技术控制中。

在某些情况下，海德格尔在翻转了传统的关于存在者之存在作为"存在之真理"的追问的意义上，为人类描绘了一个遥远的目标（*HN* 3:191）。他自己试图通过采取诉诸荷尔德林的诗性语言，前苏格拉底思想，或者他自己对文字的巫术般运用来促进这一趋势——所有这些都提供了语言未曾被存在者对存在的支配所扭曲的例证，因而将为存在命名并执于存在的必然结局提供某些希望。但这对于海德格尔仍然是历史"最远的目标"，无限远离于"当代可证实的事件和情境"，并且属于"另一个历史的历史久远"（*HN* 3:191），即世界的不同年代。在这些年代之间的漫长间隔中，人们会继续思考"形而上学"并制造"形而上学体系"。海德格尔经常以阴郁的方式将这一过渡阶段描绘为拉平的时期。[1]但即使在这些阴郁的情绪当中，海德格尔的思想仍然结构性历史性地导向一种"澄明"，一个存在之真理作为存在之为存在的必然结局。

人们可以肯定地说，这种对于存在的思考仍然是不适用且完全不可知的，但决定了思和诗的措辞的每一种结构，海德格尔提供了一种延宕且从未完全可实现地在场的模式，这在后黑格尔释义学和交往理论中运作。这绝不是德里达所从事的关于延异的无限耗散类型，但仍然是一个狡猾的限制性经济学思想类型——这种思想只踏出了辩证法的狭促并推迟了黑格尔主义所保证的最后胜利。这种思维模式通过宣称这些现象是系于一线地朝向自我实现的大全之富有意义的诸部分，从而运作于每一种"辩证的"思考和理解的类型当中，在释义学的每种形式当中，以及在那种将不完备、失败、扰乱作为"历史经验的结构要素"的人或社会科学当中。

这种思维模式，换言之，尚未将我们从黑格尔主义当

---

[1] 尤见于 Martin Heidegger, "The End of Philosophy and the Task of Thinking," in On *Time and Being*, trans. Joan Stambaugh(New York: Harper and Row, 1972), 57—58。中译见《面向思的事情》，前揭。

4. 反讽与自我指涉性

中扭转出来。其模式可以通过诸如进步一致、逐渐整合、遗传整体、扩大语境，或持续行进这些术语来得到最好的描述。这种关于差异的观点始终是被意义和意义性所决定的，即便意义在过去被遮蔽了，没能完全在当前发生，并且不会在未来臻于自在。但所有历史现象总体一致或完全关联的理念总是以这种思维方式运作。如果人们想要对比这种关于差异的整体思维，以海德格尔的存在论差异和德里达的延异为蓝本，人们将必须为后者使用短语如"不连续的重构"，并采用这样一种思维模式：既不是基于前瞻性的，也不是基于回顾性的真理基础，即乐于承认缺乏连贯性和一致性，彻底的不可预测性和不可思议，无论如何，这都不是缺陷而是我们知识的实际样式。[1]

3

但是，随着海德格尔对我们时代所表现出的一再影响，他无法轻易地被归类和打发。通过双重姿态的特殊策略，

---

[1] See on this Ernst Behler, "Deconstruction versus Hermeneutics: Derrida and Gadamer on Text and Interpretation," in *Southern Humanities Review* 21(1983): 201—223. 相关中译可见《德法之争：伽达默尔与德里达的对话》，孙周兴/孙善春译，商务印书馆，2015。

他的思想摆脱了单边定义且通常比解释者领先一步。至于在存在论差异的结构当中的意义和意义的缺乏，以及随后涉及的作为形而上学的存在史，海德格尔的后期著作提出了一些令人困惑的版本。当他试图"以希腊方式"思考并赋予常见的概念一种有趣的新扭曲时，它们通常就会发生。遗忘就是这样的一个例子，因为用希腊方式来思考，遗忘不仅具有主动的忘记含义（"我忘记了我的雨伞"），而且也有一种消极的发生含义，即命运。存在之遗忘在这种微妙的意义上是一种发生在我们身上的命运，因为存在已经隐匿并遮蔽自身。[1] 尽管存在之遮蔽仍然基于在场与澄明的模式，但它所描述的存在之缺乏不是人类失败和历史条件的结果，而是一种结构性的缺乏关系。

遮蔽也能够"以希腊方式"来思考，继而它表现了一种遮蔽和去蔽的令人放松戒备的双重姿态。界限［peras］是希腊思想的另一种范式，如果它不仅强调某物结束之处，同时又强调某物源发之处，某物伫立其中以其特定形式被赋形并且同样出席在场。[2] 通过这种思维方式，海德格尔预

---

[1] Martin Heidegger, "Zur Seinsfrage," in Martin Heidegger, *Wegmarken* (Frankfurt: Klostermann, 1967), 243. 中译本见"面向存在问题"，载《路标》，前揭，页492。

[2] Martin Heidegger, *Parmenides*, ed. Manfred S. Frings (Frankfurt: Klostermann, 1982). 中译本见《巴门尼德》，朱清华译，商务印书馆，2018。

4. 反讽与自我指涉性

见了德里达关于现象的概念，诸如"痕迹"，即延异的真正形式。这种思维模式也使我们想起一个事实，即解构思维不仅是对意义和体系的否定，也是在场与缺乏、体系与非体系、秩序与混乱、去蔽与遮蔽之间的细微思路。在这个意义上，弗·施莱格尔说："拥有一个体系和没有一个体系对于心灵是同样致命的。人们只需下决心将两者结合起来。"（*FS* 2:173）

海德格尔认为西方形而上学是进步的虚无主义，以及他关于"彻底完美的虚无主义作为虚无主义的正式实现"这一设想，也传达了类似的双面性（*HN* 4:203）。乍一看，虚无主义表示失败、疏忽、缺乏和挫折。然而，通过将形而上学的最高可能性和整体完善解释为虚无主义的绝对体现，以及迄今宣告的一切价值的完全贬值，海德格尔的思想假定了形而上学的特征形态。在西方形而上学的开端伫立着柏拉图关于存在的最高形式之为天上的理念这一宣称，在其终点则将存在揭示为大地上的活力和权力意志，涉及相同者不知不觉的轮回。那是形而上学思维的内在法则，其不可逆转的过程。虚无主义严格来说因而远不止是形而上学史的结果。虚无主义不仅是"教义或见解"，也不是简单的"万物消散于纯粹虚无"，而是那些至高价值的贬值过程，这些价值在形而上学史当中一个又一个地被宣告为存在之真理，继而失去了塑造历史的能力（HN 3:203）。

这一过程不是"许多其他事件中的一个历史事件"，而是"由形而上学所维系和引导的西方历史的根本事件"，并在其最后行动中推动完成了"重估之前的价值"（HN 3:203）。虚无主义是"这个历史事件的法度，它的'逻辑'"（HN 3:205）。对于海德格尔，虚无主义并未将我们推入纯粹虚无，但其"真正的本质在于它的积极自由方式"（HN 3:204）。"虚无主义的完美"最终不过是形而上学完美的别名，既然虚无主义和形而上学对于海德格尔是等同的。虚无主义是形而上学存在史上最决定性的方面。[1] 由于这种相互关系，海德格尔，也许无人在他之前，能够想到西方形而上学之为统一整体的前史。然而，人们还必须补充一点，海德格尔的作为形而上学的存在史中的人物不过是苍白的抽象而已，伟大哲学家的思想不仅被简化为历史，更糟的是，被简化为一种方案。

德里达充分意识到海德格尔那里的这种含混，并试图比其他海德格尔的同时代读者更努力地保卫和维护它。早在《论文字学》中，他就立马看到海德格尔的哲学包含并超越了在场形而上学。"逸出的那一刻有时使它无法达到极

---

[1] 尤见于 Heidegger, *Nietzsche*, vol.4, *European Nihilism*. 中译见"欧洲虚无主义"，载《尼采》下卷，第五章，前揭。

4. 反讽与自我指涉性

限",他说(*OG*,22)。[1] 通过将存在感限于在场,对于德里达而言,海德格尔仍然处在西方形而上学的支配以内;然而,通过质疑这种支配的源头,海德格尔开始质疑什么构成了我们的历史。当海德格尔在其写作"面向存在问题"当中提出这点时,他在其文本中将存在/是(Sein)这个词划×。[2] "那个删除的标记,"德里达说,"然而,并不'仅仅是一个消极的象征'。那种删除是一个时代的最后一笔。在其笔触下,先验所指的在场被抹去了,却又仍然清晰可辨。"(*OC*,23)这种思想的犹豫并非"不连贯",德里达继续说,而是"一种震颤,适用于所有后黑格尔的尝试以及两个时代之间的这段"(*OC*,24)。

这就是为什么在《延异》中,德里达对于海德格尔的思想仍然是一种"延异的内在形而上学效果"还是"延异的展开"这一问题看不到"简单答案"(*D*,153)。我们可以说海德格尔的存在与存在者之间的存在论差异以及存在之真理的消失只是延异的一部分,延异是一种比存在论差异更全面更普遍的思维模式,或者用历史的方式说,延异比存在论差异或存在之真理"更古老"(*D*,154)。但无人

---

[1] Jacques Derrida, Of Crammatology, trans. Gayatri Chakravorty Spivak (Baltimore: The Johns Hopkins University Press, 1974). 对此文本的引用被称为 *OC*。中译本见《论文字学》,汪堂家译,上海三联书店,2024。

[2] 参见海德格尔,"面向存在问题",载《路标》,前揭,页 492—493。

比海德格尔更了解他的作为形而上学的存在史的"时代性",德里达本人坚持认为"我们必须停留在这段困难之内",并且"只要是在形而上学作为西方话语的规范之处,不仅仅是在'西哲史'的文本中,就必须在一种对形而上学的严格阅读中来重复这一段落"(D, 154)。

涉及海德格尔的一个更基本观点是德里达提出的问题:"我们如何构想文本的外部?"(D, 158)这不仅是涉及西方形而上学的时代性以及"我们如何构想与西方形而上学文本对立之物"的问题(D, 158)。这个问题关乎更根本地试图"超越存在史,也超越我们的语言,并且超越它所能命名的一切"(D, 157)。这种尝试是形而上学的动力,以及它持续地努力支配存在的真理,将结构之结构性建立在外在于它的原则上,或是超越游戏规则。海德格尔曾是这些形而上学尝试最有说服力的批判者,但他仍旧设想一种文本的外在,通过他对"在唯一的文字里,在最终恰切的名称当中,语言和存在间的结合"的乡愁和希望(D, 160)。然而,之于德里达,因此没有"文本之外"("il n'y a pas de hors text"[OG, 158]),并且"将没有唯一的名称,甚至没有存在之名"。不过这种情况必须"没有乡愁",德里达坚持认为:"那就是,它必须被设想为外在于那些属于失落的思想祖国的纯粹母系或父系语言的神话。相反,我们必须肯定它——在尼采将肯定带入游戏的意义上——伴

4. 反讽与自我指涉性

随一定的笑声和一定的舞蹈。"（D，159）

相对于结构主义的思维方式，德里达提出了相同的思想，区分了"悲观的、否定的、乡愁的、愧疚的卢梭式游戏思想"，即"破碎的即刻"和对于游戏的"尼采式肯定"，即"对世界的游戏和生成的无辜的欣然肯定，对一个没有错误，没有真理，没有起源的符号世界的肯定，这提供了一种积极的解释"（SSP，292）。[1] 这种肯定和解释的活动恰恰在于决定"无中心而非失去中心"。出于对游戏的安全性和对游戏的自信的考虑，这种肯定"也使自身屈服于遗传的不确定性，屈服于痕迹的生殖性冒险"（SSP，292）——这种冒险宣称自身"处在非物种的物种之下，处于怪物般的无形、希声、未孩的可怕形式当中"（SSP，293）。

4

然而尽管在对遗传结构的颠覆中具有这种自觉的反思和自我指涉意识，但当代思想当中对这种话语最根本

---

[1] Jacques Derrida, "Structure, Sign, and Play in the Discourse of the Human Sciences," in *Writing and Difference*, trans. Alan Bass (Chicago: The University of Chicago Press, 1978). 对此文本的引用被称为 *SSP*。中译本见"人文科学话语中的结构、符号与游戏"，载《书写与差异》，前揭，2022。

的指责是在批判真理和哲学时隐含的自相矛盾："对理性的全面自我批判陷入述形矛盾，因为主体中心的理性只有通过诉诸它自己的工具才能被判定为本质上是权威主义的"（*DM*，185）。[1] 这是引自哈贝马斯的对理性和形而上学进行解构的一段主要批评。它最直接地反对阿多诺的启蒙批判，但同样适用于施莱格尔、尼采和德里达。的确，哈贝马斯看到了从施莱格尔到尼采和德里达的理性解构中的直接发展线索。阿多诺和海德格尔在这条路线上占据特殊位置。阿多诺坚持"不懈地实践明确的否定，即使它在黑格尔逻辑学的绝对网络中已经失去了任何立足之地"（*DM*，186）。相反，海德格尔"从这种悖论遁入一种深密的特殊话语的澄明高度，使自身免于一般话语的限制，并通过含糊其词而不受任何具体异议的影响"（*DM*，185）。所有其他对解构思想和反讽话语的批判——堕入神话和宗教、逸入文学和诗歌、政治无关、社会冷漠、缺乏实践——都遵循了这一基本批判。

1　Jürgen Habermas, *The Philosophical Discourse of Modernity*, trans. Frederick Lawrence(Cambridge: MIT Press, 1987). 对此文本的引用被称为 *DM*。中译本见《现代性的哲学话语》，前揭。因此有一种对哈贝马斯的尼采描述的批判，视其为一种倒退和堕入神秘。See David E. Wellbery, "Nietzsche-Art-Postmodernism: A Reply to Jürgen Habermas," *Stanford Italian Review*(1986), 77—100.

4. 反讽与自我指涉性

根据哈贝马斯的说法，尼采被认为是这一发展的"转台"，因为他首先在历史上宣告放弃了对理性概念的更新修正，并且"告别辩证法"（*DM*，86）。他拒绝了特定的"现代性的成就"，"现代从中获得了它的自豪感和自我意识"，即在社会中实现的主体自由（*DM*，83），为了"像在理性那里一样在神话当中站稳脚跟"（*DM*，86）。对于尼采来说，"现代性失去了它的独特地位"，而只是构成了"深远的理性化历史中的最后一个时代，这是由古代生活的解体和神话的崩溃而引发的"（*DM*，87）。如今一种乌托邦式的态度集中在"将来之神"，而"宗教节日变成艺术作品"则被认为桥接了现代与古代（*DM*，87）。

然而，对于哈贝马斯来说，尼采绝非其"狄俄尼索斯式的历史态度"中所称的那么原创（*DM*，92）。他关于狄俄尼索斯仪式中悲剧性合唱起源的论点"源自早期浪漫主义就已经充分阐发了的语境"（*DM*，92），而"诉诸狄俄尼索斯为将来之神"的新神话思想一样有着"浪漫派起源"（*DM*，88）。哈贝马斯从十八世纪之交的谢林和其他文本中，但尤其是在弗·施莱格尔那里发现了一种用新神话取代哲学的预期（*DM*，88—89）。施莱格尔确实在1800年发表了"关于神话的演说"，要求建立"聚焦点，诸如神话之于古人"（*FS* 2∶312）。哈贝马斯将这种需求理解为假定诗歌高于理性的绝对立场，一种"被认为以这种方式与人们的趣味相结合的正在到来的观念美学"（*DM*，90），屈服于"神话的原初力量的世界"（*DM*，90—91），回到"人性的原初混乱"（*DM*，90；*KFSA* 2：319），"对谢林而言有着充分理由的历史预期的弥赛亚再临"（*DM*，90），以及总体增长的对于"狄俄尼索斯，迷狂且不断转变的驱动之神"的估值（*DM*，91）。为了使他所持的立场毫无疑问，哈贝马斯论辩性地补充道："与黑格尔的区别是显而易见的——并非思辨理性，而是诗歌独自就能够取代宗教的同一化力量，只要它成了公共的新神话形式。"（*DM*，89）

鉴于浪漫派诉诸将狄俄尼索斯作为实现基督教应许的小路，在此之前它已被宗教改革和启蒙运动所废止（*DM*，92），哈贝马斯声称，尼采清除了狄奥尼索斯的这种浪漫主义元素，并将其增强为主体性在极乐狂喜中的绝对自我遗忘。只有当所有"智识活动和思维的范畴都被颠覆了，日常生活的准则被破坏了"，并且"习惯性常态的幻想破灭了"（*DM*，93）的时候，现代人才能从新神话中期待"一种消除了所有仲裁的救赎"（*DM*，94）。只有到那时我们才能达到"理性的绝对他者"，即经验被转移回古老的领域——"去中心化主体性的自我揭示体验，摆脱了认知和目的性活动的所有限制，免于功利和道德的所有律令"

4. 反讽与自我指涉性

(*DM*, 94)。

然而，从现在开始，哈贝马斯的尼采变得越来越像幽灵。哈贝马斯毫不关心文本证据，将尼采描绘为实用主义的认识论者，否认真假、善恶之间的任何区别，并将这种区分简化为"偏爱服务于生命和高贵"（*DM*, 95）。"超主体的权力意志体现在匿名征服过程的跌宕起伏中"（*DM*, 95），而在现代，"主体中心式的理性"的支配被视为"权力意志堕落的结果和表现"，即虚无主义（*DM*, 95）。尼采试图通过宣称它为"诸神远去之夜，于其中缺席之神的临近得以宣告"来赋予其时代的虚无主义以意义。但他不能"合法化"他的审美判断标准，因为他已经将它们转化为古朴之物，并且没有将它们视为"理性时刻"（*DM*, 96）。

这些对于为了审美目的，即"通往狄奥尼索斯之路"而进行的权力理论的揭示，构成了哈贝马斯笔下的尼采特别的"对已成为整体的理性进行自我封闭式批判的困境"（*DM*, 96）。哈贝马斯相信尼采可以鼓动人心，"而不清楚追寻一种攻击自身基础的意识形态批判意味着什么"（*DM*, 96），这是一种"全面自耗的意识形态批判"（*DM*, 97）。理性与它者这两极并不处于彼此的辩证关系中，即相互否定从而彼此增强，而是处于"相互厌恶和排斥"的关系中。鉴于"自我反思与理性之外的它者隔离开来"，理性便被"交付给了取消和撤退、驱逐和禁止的动力"(*DM*,103)。哈贝马斯对尼采的最终判决是:"他的权力理论不能满足对科学客观性的要求,与此同时,执行总体规划继而对理性的自我指涉式批判也影响了理论命题的真值。"(*DM*,104—105)

相较于尼采那里的自我指涉矛盾是出于为了狄奥尼索斯式审美主义而假定的权力理论,而德里达的自相矛盾则来自一种法国哲学家对所谓原型书写的徒劳追寻——这种原型书写已然遗失了,关于它我们只发现了一种奇怪的被抹去的卡夫卡式的痕迹(*DM*,164)。从施莱格尔到尼采和德里达,主体中心的理性、黑格尔式的逻辑范畴网络、启蒙辩证法和现代性不断增加的程度,对于哈贝马斯,明显伴随自相矛盾的增加,这随着德里达到达了一个新高度。不过哈贝马斯笔下的德里达形象的特点源于他断言后者的"一项声称对形而上学进行批判的经文学术计划"具有所谓的宗教灵感,"是从宗教来源中得到滋养的"(*DM*,165)。德里达关于一种"先于一切可辨识铭文的原型写作"(*DM*,179)的思想被哈贝马斯视为"对犹太神秘主义,即一度被旧约中的上帝所设定的,关乎被弃但又界限分明之地的弥赛亚主义式回忆"(*DM*,167),更确切地说,是不可穷尽的《托拉》(*DM*,182)和"永恒推迟的启示事件这

4. 反讽与自我指涉性

一神秘的传统概念"(*DM*, 183)。

根据哈贝马斯,这种原型写作概念使德里达落到了海德格尔后面(*DM*, 183)。他将德里达的尝试描述为"超越存在论差异并成为适于书写的差异,其已然调动了一个本源[海德格尔式的存在]只是更深一层"(*DM*, 181)。换言之,原型写作"承担了无主体的结构生产者的角色",即没有作者的结构(*DM*, 180)。但哈贝马斯认为德里达与海德格尔的区别是"无关紧要的"(*DM*, 181),因为德里达"没有摆脱第一哲学的意图",并且"落在了对某种不确定的权威空泛的公式般的声明中"。两位哲学家之间的唯一区别是,在德里达的情况中,"不是被存在者扭曲的存在的权威,而是不再神圣的经文的权威,这是一种被放逐的经文,徘徊无定,疏离于自身的意义,这是一部神圣性缺席的经文"(*DM*, 181)。

哈贝马斯对德里达提出的另一个主要反对也涉及所谓的自我指涉矛盾,并涉及解构理论中"文学与哲学之间的体裁区分的水平"(*DM*, 185)。正如哈贝马斯所见,德里达及其追随者废除了哲学与文学间的界限,以逃避科学话语的"融贯性要求"。德里达因而"削弱了"自我指涉的问题并使之无关;他只是试图"在理性的主体中心史过程中清除哲学所建立的本体论脚手架"(*DM*, 188—189)。但他不是像人们通常那样"分析地，在识别隐藏的预设或暗示的意义上"来做，而是"通过对类型的批判，在其中他发现了诸如间接交流之类的东西，文本本身借此否认了其显性内容，在文本的文学层面所固有意义的修辞剩余当中，将它们自身展现为非文学的"（*DM*，189）。

然而，困扰哈贝马斯的是，德里达不仅将这种阅读技术应用于卡夫卡、乔伊斯和策兰的文本，还应用于胡塞尔、索绪尔和卢梭的文本，并用它们的解释来"反对它们作者的明确解释"（*DM*，189）。这种策略的目的对哈贝马斯来说似乎显而易见："一旦我们认真对待尼采著作的文学特征，就必须根据修辞成功而非逻辑一致的标准来评估他的理性批判的适当性。"（*DM*，188）但哈贝马斯认为，只有当"如果哲学文本真的是一部文学文本——如果一个人可以论证哲学和文学之间的体裁区别会消解于进一步的检视"，这样一种程序才是合法的（*DM*，189）。这样一种检视的积极结果似乎将对哈贝马斯构成危险且令人恐惧的局面，因为它将导致文学批评升级为形而上学批判，并将给予文学批评，说来可怕［horribile dictu］，"采取的程序有着一种几乎是世界历史的使命，克服了在场形而上学思想和逻各斯中心主义的时代"的地位（*DM*，191—192）。为了避免部门和学科之间的这种混合，哈贝马斯将他对德里

4. 反讽与自我指涉性

达批判的其余部分都致力于详细阐述诗性话语的独特性和排他性。

降低讨论伙伴的重要性并最终将他排除在问题的解决之外，从而使之沉默，是这种通过交流找到共识的最典型姿态，尤其是当另一方反对或不容易通过预期目的打发时。这种态度在哈贝马斯对待弗·施莱格尔的处理中已经可以注意到，施莱格尔因其"关于神话的演说"而被认作诗意类型的非理性主义者。然而，实际上，"关于神话的演说"是更大的文本《谈诗》的一部分，描绘了一群鲜活机敏的对话伙伴，他们讨论了"究竟使诗歌最接近于最大可能的诗歌"何以可能（*FS* 2:286）。由之进行了四次正式演讲，概述了实现该目标的不同进路，其中之一便是"关于神话的演说"。

我们可以有充分的理由假设整个文本试图传达出早期德国浪漫主义的耶拿团体形象，并且每个对话伙伴在这一场景中都扮演着一定的角色。然而，如果这个假设是正确的甚至是可以接受的，那么新神话的发言人可能是哲学家谢林，鉴于谢林自己对这个主题的历史关注以及他的风格有些轻率和冲动（"我将会直接走向那一点……"［*FS* 2:312］）。在这种情况下，"关于神话的演说"不仅会构成关于新神话的必要性和意欲创造新神话的有计划的明确陈述，而且还将以高度自觉的,尽管是完全间接的交流方式,将施莱格尔对此类规划的批判性评价纳入其中。

然而,在最后的分析中,尽管有所有这些框架、距离和结构,"关于神话的演说"仍是施莱格尔自己的文本,而施莱格尔是否将新神话的假定归于谢林本人,或完全是名为罗萨里奥(Lothario)的虚构人物,这并不是很要紧。然而,重要的是文本的结构,即对神话高度自我批判和自觉的态度,与关于神话的写作(即反讽、自我生成与自我毁灭)的结合。但所有这些繁复的交流模式在哈贝马斯对"关于神话的演说"的解读中均被忽略,这一文本被简化为施莱格尔的直白陈述。甚至都没有考虑到它在标题中所表明的作为演说,作为一种修辞表达的特征。黑格尔用各种各样的名字称呼施莱格尔,认为他粗鲁、自负、有害,对人类的真实关切并不真正感兴趣。但黑格尔从来不会把施莱格尔描述为不反思的,把诗歌理解为"清除了理论理性和实践理性的联结",打开了"神话原力的世界大门"(*DM*,90—91)。甚至离开任何语境来对"关于神话的演说"进行有限的解读,也应该发现施莱格尔并不是以堕入神秘的方式来构思新神话,而是设想为"从心灵最深处铸就"之物,"所有艺术作品中最具艺术性的"(*FS* 2:312)。

在哈贝马斯对尼采的批判当中,对风格和"文学"交

4. 反讽与自我指涉性

流模式的忽视必然导致灾难性的后果。对于尼采，文本的结构化，场面调度（mise en scène）的严肃性对于智识，对于写作都是首要的要求。哈贝马斯对尼采的解读确实导向了一种无情的文艺复兴式审美主义的假设，即"无物为真，万事皆可"的风格。尼采的所有声明之间积极的相互依存完全被忽略了。尼采沦为"不清楚追寻一种攻击自身基础的意识形态批判意味着什么"的家伙（DM，96）——仿佛一种意识形态批判不攻击其自身基础就必然是优越的。这种论证的问题在于，凡是不符合某种哲学倾向——在此就是修正的黑格尔主义——的人，都被排除在哲学话语之外而被宣称是浪漫派、原始法西斯主义者、犹太神秘主义者或美国文学评论家。因为受到这样一种对"哲学"论证的基本规则和惯例之批判的冒犯，对理性进行激进或"全面"的批判似乎被禁止了。因此无强制的交往始于强制接受这些规范。

5

罗蒂认为对理性和哲学的全面批判没有问题，最多只会质疑其有用性。他也没有反对打破哲学和文学之间的界限，并且认为这种划分只是习惯，然而习惯常常带有错误的知识分层概念。对他而言，在现代世界，浪漫诗的发明是一件与科学和哲学领域中的任何创新一样重要的事件。对于两种类型的哲学，诸如康德和黑格尔、哈贝马斯和利奥塔、以真理为导向和以解释为导向的思维、去中心化的和离散的思想，他都喜欢挑逗它们相互反对，罗蒂似乎更中意后者，因其具有更高水平的反思和自我批判。"第一种传统倾向于直截了当、务实科学地表述自己拨乱反正的目的。"他说：

> 第二种传统倾向于婉转地表述自己，而且需要借助尽可能多的外来词语、典故和名人的名字来进行自我呈现。像普特南、斯特劳森和罗尔斯等一些新康德主义哲学家的观点和主题都是通过一系列相当直接的"纯化"转换而回归康德。人们认为这些转换使他们对一些持久性的难题认识得越来越清晰。对于非康德主义哲学家而言，不存在什么持久性的问题——或许除了康德主义者的存在问题。像海德格尔和德里达这样一些非康德主义哲学家，他们都是一些象征性的人物，代表着那些既不解决问题又没有观点或者主题的哲学家。他们之所以与他们的前人联系在一起，并不是因

4. 反讽与自我指涉性

为他们与前人有着共同的主题或者采用共同的研究方法，而是通过所谓"家族相似性"的方法让后来者通过评论评论者的办法与相同学派的前人联系起来。[1]

在最近的一本书当中，罗蒂将这两类哲学家命名为"形而上学家"和"反讽主义者"。[2]"反讽哲学"的传统始于早期黑格尔并延续至尼采、海德格尔和德里达（*CIS*，78），然而形而上哲学则试图"扎根"于人们的信念，并把它们展现为证明和真理。这样一个立场可能像哈贝马斯的交往理论一样摇摇欲坠，但仍然有资格使其支持者成为形而上学家（*CIS*, 82）。重要的是意图。相反，反讽主义者则不相信基础。他们代之以重新命名并重新定义问题，且从事无尽的转喻。

罗蒂的反讽哲学正典与我们文本中的几乎相同。他包括了早期黑格尔的《精神现象学》，代替了弗·施莱格尔，

---

[1] Richard Rorty, "Philosophy as a Kind of Writing: An Essay on Derrida," in *Consequences of Pragmatism* (Minneapolis: University of Minnesota Press, 1982), 92—93. 中译本见"作为一种书写的哲学：论德里达"，载《哲学、文学和政治》，黄宗英译，上海译文出版社，2009，页5。

[2] Richard Rorty, *Contingency, Irony, and Solidarity* (Cambridge: Cambridge University Press, 1989). 对此文本的引用被称为 *CIS*。中译本见《偶然、反讽与团结》，徐文瑞译，商务印书馆，2003。

但真正的区别是海德格尔,他在研究当中仅在某些极端情况下才表现为反讽主义者,例如他"以希腊方式"思考。这种差异对于理解反讽至关重要,因此应当立即进行解释。罗蒂当然知道海德格尔"花了很多时间来鄙视反讽主义者的审美主义、实用主义、思想轻薄":"他认为,反讽主义者只是一些玩票性质的清谈家,欠缺伟大形而上学家的那种崇高严肃性——他们与存在的特殊关系。作为一个来自黑森林的红脖子,他对北日耳曼那些有世界主义倾向的达官贵人,具有一种根深蒂固的厌恶。作为一位哲学家,他认为反讽主义知识分子的兴起(其中有许多是犹太人),象征着他所谓'世界图像时代'的堕落。"(CIS,111—112)

从作为形而上学的存在史的角度来看,对于海德格尔,反讽时代始于西方形而上学的没落,随着"时代"终止,大约在第二次世界大战结束时,尽管他从未用反讽来形容这种发展。这是一个普遍扁平化、无信仰,哲学退化为人类学和心理学,转化为个别科学、控制论和计算机的时期。在一个新的世界时代得以开始之前,这是一个长度完全不确定的时期。[1]我们也可以称其为后现代,因为许多后现代

---

[1] Martin Heidegger. *The End of Philosophy*, trans. with an introduction by Joan Stambaugh(New York: Harper and Row, 1973). 中译本见"哲学的终结和思想的任务",载《面向思的事情》,孙周兴译,商务印书馆,2014。

4. 反讽与自我指涉性

特征恰好对应于海德格尔对事态的描述，毕竟在西方"形而上学的本质可能性耗尽了"（*N* 4:148）。但海德格尔从未想要像罗蒂在描写反讽主义者时那样简单地略过形而上学，而是对它保持了最庄严的纪念（Andenken），并且仍然试图通过道出荷尔德林的诗句或前苏格拉底的断片来言说最终的话。这种庄严、赞美、入迷的态度似乎与反讽相反，似乎将海德格尔排除在现代性的反讽话语之外。

罗蒂之所以将海德格尔纳入我们这个时代的伟大反讽主义者的原因并不是后者在措辞和观念上的偶尔扭曲，从而假定一种对自身立场的自我指涉式贬低，而是出于反讽或反讽理论的特殊概念，基于这样一种观念，"某物（历史、西方人、形而上学——某种足够大到拥有命运之物）已经耗尽了它的可能性"（*CIS*, 101）。对于罗蒂来说，反讽主义者承担了"最后一位哲学家"的角色（*CIS*, 106），并将所有以前的哲学家视为形而上学家（*CIS*, 110）。反讽主义者知道没有真理，如今必须完全不同地扮演哲学的角色。

然而，在罗蒂关于形而上学家和反讽主义者的新讨论中的特殊点是，他对二者进行了实用主义的测试，并询问他们在社会工程、自由政治和人类团结方面的价值。他的测试结果对两者都不利，但对反讽主义者更糟。例如，哈贝马斯认为形而上哲学的功能是提供"某种将取代宗教信仰的社会黏合剂",并在人类理性的"普遍性"中找到它（CIS, 83）。这是一个良好的意图,但对于罗蒂而言是基于"荒谬的"假设,即自由社会由哲学信念联系在一起（CIS, 86）。正如人们可能会设想的那样,"形而上学的缺失"绝非政治危险,就像在十九世纪人们所担心的无神论会削弱"自由社会"一样。相反,它"加强了它们"（CIS, 85）。罗蒂轻易地消除了哈贝马斯的担忧,即"从黑格尔到福柯和德里达的反讽思想"解构了社会希望。他宁可认为"这种思路在很大程度上与公共生活和政治问题无关"。他指出："像黑格尔、尼采、德里达和福柯这样的反讽理论家在我们试图建立私人自我形象的过程中对于自我似乎是无价的,但在政治方面几乎毫无用处。"（CIS, 83）

为了更紧密地推进这一点,罗蒂提出了一些问题,诸如反讽主义是否"与人类的团结感相容"（CIS, 87）,与"普遍伦理"相容（CIS, 88）,或是与希望相容（CIS, 91）,并且总是会带来负面的结果,伴随着"反讽主义唤起的怀疑存在某种正当"的感觉（CIS, 89）。他认为,人们在今天的智识气氛中乐于承认,"自由文化"中的公众修辞应该是"唯名论和历史主义",即非形而上学的,并且人们应该设想这是"既可能又可欲的"。但人们几乎不会继续"宣称能够存在或应该有一种公共修辞为反讽主义的文化"（CIS, 87）。罗蒂在

4. 反讽与自我指涉性

自由主义文化当中公共修辞的理想选项将会是一种"常识性的唯名论和历史主义"语言（*CIS*，87），它会产生"一种直接的，不自觉的，透明的散文——恰恰是那种没有自我创造力的反讽主义者想要写的散文"（*CIS*，89）。哲学，在如今不断增长的文化自觉中，"对于追求个人完善而非任何社会任务变得更加重要"（*CIS*，94），因此不应被要求"从事它自我定义为其所不能为的工作"（*CIS*，94）。

对于促进人类团结以及自由希望和政治效用，另一个好选项是诗歌和文学，尤其是小说（*CIS*，94；96）。人种学描述和其他"非理论文学流派"也因其直接影响而适用于此任务。正如罗蒂所说，我们因而在私人和公共部门，理论与实践，文学与哲学之间形成了强烈的划分，即一种"分裂"。哲学，特别是在它关于理论和反讽的当代复杂状态中，被赋予了私人领域，而公共领域则被移交给了常识和文学。在过去，在哲学作为形而上学的时代，依旧追求现代性的规划，同时人们曾希望"通过向我们展示自我发现和政治效用可以统一起来，从而将我们的私人生活和公共生活结合起来"（*CIS*，120）。现在我们应该"停止尝试将自我创造与政治相结合，尤其如果我们是自由派"，因为自由派反讽主义者的终极词汇中的政治部分"将永远不会与其余词汇融合在一起"（*CIS*，120）。

6

　　结果，对于罗蒂而言，这种哲学终结式的反讽缩影正是德里达实践的一种写作。然而，罗蒂并没有过多提及我们在上一节中讨论过的后结构主义者和后海德格尔德里达。因为在德里达的这些早期的文本中，仍然太多地谈到"基础架构""根除""可能性的条件""在场之为缺席"，换句话说，是听起来非常形而上学的概念。这些文本至少屈从于这样的解读，并从"书本的终结和写作的开始"的意义上激发关于文字学或时代划分的研究计划。罗蒂转向后期著作，诸如《绘画中的真理》（1978），《丧钟》（1981），尤其是《明信片》（1980），以及后者的"遭寄（Envois）"部分，[1] 在其中为了自由旋转的幻想，相互关联的思想进程被抛弃了。据罗蒂说，德里达现在赋予"关联之链以完全自由"，而在罗蒂看来，这种白日梦是"反讽主义理论化的最终产物"（*CIS*，125）。

　　对于罗蒂来说，德里达所谓的退入"私人幻想"也是"这种理论上遭遇的自我指涉问题的唯一解决方案，问题在

---

[1] Jacques Derrida，*The Postcard*，trans. Alan Bass(Chicago：The University of Chicago Press，1987)，1—257.

4. 反讽与自我指涉性

于如何与某人的前任们保持距离,而又不做正是某人拒斥他们所为之事"(*CIS*,125)。罗蒂说:"所以,我认为德里达的重要性就在于他有勇气抛开结合私人与公共的企图,不再试图将私人自律的追求和公共反响与效用的尝试结为一体。他私人化了雄伟,因为他从他的精神先驱的命运中学到,公共的终究只不过是美的。"(*CIS*,125)德里达因而总结出了一种始于黑格尔的哲学趋势,这种趋势在其解构驱动当中一直被更深层的基础所困扰。至少,这场哲学运动曾经从外部被解释为永远为存在提出总是新颖深奥的基础:黑格尔有理性,尼采有权力意志,海德格尔有存在,德里达有原型写作。罗蒂评论道:

> 我要主张德里达在"遣寄"中写了一类前人所未曾想到的新书。他为哲学史所做的事情,与普鲁斯特为他自己生命史所做的事情如出一辙。他使所有的权威人物和这些人物所可能加诸他的一切描述,彼此互相激荡消解,结果使"权威"这个概念本身无法运用于他的作品之上。他和普鲁斯特都用同样的方法达到自律:《追忆似水年华》和"遣寄"都不适合于任何先前用来衡量小说或哲学论文的观念架构。他避免海德格尔式的怀旧和普鲁斯特避免滥情的怀旧,在方法上

是一致的——也就是将记忆所取回的所有东西不断地重新脉络化。德里达和普鲁斯特都延伸了可能性的界限。(*CIS*, 137)

我们还可以说,在这种观点下,德里达超越了先前界定的反讽领域,因为他在体系与非体系,混乱与秩序,自我创造与自我毁灭之间走了一条细线——从不屈服于一个或另一个。罗蒂为我们提供了私人和公共之间的明确区分,为个人领域保留了繁复的理论,为社会领域保留了拇指法则决策,并且不仅从政治领域,而且从个人领域消除了反讽,如果后者被视为完全孤立的话。至于什么使得黑格尔、海德格尔和德里达之为反讽的,在哲学终结的意义上超越罗蒂的"反讽主义"概念,恰恰是他们从未使他们自己脱离形而上学的纠缠,他们从未登陆价值无涉的彼岸,他们从未触底而是停留在中间领域。罗蒂的想法是完全到达或完全分离,他对真正实践上和真正理论上的理想类型的思考似乎是"极度形而上学的",并且与哈贝马斯极为接近,只是倒转了评估。德里达显得像一个在他到达了自由旋转式写作的应许之地后就抛弃了解构之梯的人,在他的思想中互联性无影无踪。反讽写作将这一趋势作为自我解构的一个本质要素,但从未离开相反的自我创造来构建自身。

4. 反讽与自我指涉性

两者之间的相互关系是如此紧密，以至于我们不知道哪个是解构哪个是建构的部分。这种两手写作不仅被运用于同一文本中，而且还交替进行。结果，书写的严格性，用施莱格尔的话说，完全是非自愿的，但又是完全有意的，完全是本能的且完全是自觉的，而德里达在他的一个"最新"文本中从事了义务，甚至于政治义务的问题。[1]

在此语境下，而且也在他处，尤其是在后现代主义的情况下，现代性话语的三星见证人和反讽作为那种话语的主要结构性原则似乎高度显著，施莱格尔、尼采和德里达并未在一个发展规划中将反讽视为晚近时代的最终完成，而是赋予了它一个更为根本的功能。人们甚至有充分的理由怀疑，施莱格尔、尼采和德里达实际上相信现代阶段的来临将我们与世界其他部分区分开来。在标志着我们时代的破裂或分裂的引文当中，德里达补充说这种破裂"总是已经开始自我宣告并开始起作用"（SSP，280）。尼采几乎专门以贬低的方式来使用"现代"一词。而施莱格尔在被迫为现代的开端定下日期时，首先提到了欧里庇得斯，很快就加上了苏格拉底，然后转移到毕达哥拉斯，因为对他来说，后者是首次从单一理念原则出发来思考世界整体的

---

[1] Jacques Derrida, "Like the Sound of the Sea Deep within a Shell: Paul de Man's War," *Critical Inquiry* 14(1988): 590—625.

人。这些例子说明，对于施莱格尔、尼采和德里达，一种激进的反思类型并非一个时代的特权，而是人类的永恒标志。如果他们必须追溯到后现代时期，并且他们在反讽和后现代方面是伟大的权威，那么他们将给出一个惊人的早先时期，并使其与人的起源相吻合，或者如果没有这样的起源，则与人的永恒超越相吻合。

这并不排除历史感。然而，如果我们必须在任何历史语境下定位施莱格尔、尼采和德里达的反讽，我们将不得不选择古希腊，以及，说来也怪，柏拉图学院。这显得很奇怪是因为尼采和德里达，而非施莱格尔，对于柏拉图持高度批判：尼采宣称柏拉图是两个世界的形而上学始作俑者，其中暗含对我们世界的诽谤，并使基督教成为"民众的柏拉图主义"（*FN* 5:12）；而德里达则认为柏拉图是逻各斯中心主义和语音中心主义之父，暗含着精神对物质，灵魂对肉体，话语对书写，男人对女人的一切二元歧视。

可是，这三者也都把柏拉图看作是哲学家的原型，是他们在后现代所信的哲学家，他们可以很好地将那个时期规定为典范。在一篇成了现代柏拉图接受史中最具影响力的源头之一的文本当中，施莱格尔写道："柏拉图虽然很懂哲学，却没有体系，就像哲学本身完全是对于知识的一种探索，一种奋斗而非知识本身。并且这尤为体现在柏拉图

4. 反讽与自我指涉性

那里。他从未完成自己的思想。这是他的心灵不断努力的活动，为了找到完美的知识和理解至善，他试图在对话中艺术性地写下他的理念的这种持续生成、塑造和发展。"（FS 11：120）尼采认为这是柏拉图最显著的特征，即在他临终卧榻的枕头下面发现的阿里斯托芬喜剧抄本。"他如何能忍受生活，"尼采大喊，"希腊生活，对此他说不，若没有阿里斯托芬的话！"（FN 5：47；GE，41）而在德里达将柏拉图解读为逻各斯中心主义之王中，用他充满阳光的声音谴责艺术、戏剧、修辞、书写和神话，这位希腊哲学家在文本中做了所有这一切，其特定实质包含艺术、戏剧、修辞、表述性写作和神话故事。柏拉图的文本可以合理地视为德里达自己偏爱编织纹理的掩饰之原型；这对于他的确是卓越的［par excellence］文本，也是几千年来一直被误读的文本，而且一旦我们打开它，总是蕴含着新的发现。[1]当海德格尔宣称柏拉图是西方形而上学的创始人，他塑造了希腊哲学，在一定程度上，也是现代的开创者。德里达通过他的解构性阅读，展示了柏拉图矛盾的丰盛，因而使他成为了后现代时期的发起者——如果有这样一种东西的话。

---

[1] Jacques Derrida, "Plato's Pharmacy," in *Dissemination*, trans. Barbara Johnson(Chicago: The University of Chicago Press, 1981), 61—171. 国内目前有胡继华的译文《柏拉图的药》。

译后记——"现代性的反讽话语？"

恩斯特·贝勒尔（1928—1997）是桥接德语学术界和英语学术界的德国浪漫派研究元老，在国内已有《弗·施勒格尔》《尼采、海德格尔与德里达》《德国浪漫主义文学理论》等译著出版。就其研究旨趣而言，大抵是以"反讽"概念为核心，系统地梳理和回应了自德国浪漫派以降，至后现代诸思想家的知识谱系。就其在德国浪漫派研究中的地位而论，一方面他身为早期浪漫派核心人物弗里德里希·施莱格尔的批评版全集主编，[1]肩负这项历时近半个世纪的浩大工程至生命的最后一刻，其贡献自不待言；另一方面，正是通过他的笔耕不辍，德国浪漫派研究才得以真

---

1 *Friedrich Schlegel Kritische Ausgabe*. 35 volumes，ed. Ernst Behler in collaboration with others. Paderborn：Schöningh，1958—2002.

正跳出狭隘的文学史范式，继而进入一个更加全面的观念史语境之中，具备了和当代充分对话的资质（尤其是与后现代学者保罗·德曼的文艺理论式浪漫派研究分庭抗礼，同时也填补了艾布拉姆斯偏重于英国浪漫派研究所遗漏的阐释空间）。

也正是在他的工作前提之下，当代两位最重要的德国浪漫派研究学者弗兰克（Manfred Frank）和拜泽尔（Frederick Beiser）才得以继续在不同的方向上深入各自的研究。弗兰克师从伽达默尔、洛维特、亨利希和图根哈特，可以说系统地继承了海德格尔这一派的释义学理路，其作品大多具有极强的思辨性，偏重于认识论方面的研究，发前人未述之微，国内已有《德国早期浪漫派主义美学导论》和《浪漫派的将来之神》两部译著出版。拜泽尔师从伯林和泰勒，继承的是英语世界洛夫乔伊以降的观念史理路，精擅文本爬梳和历史语境重构，文辞清通，考辨翔实，国内在2019年陆续出版了其《狄奥提玛的孩子》《浪漫的律令》《黑格尔》三部译著。二者在德国浪漫派解释上的纠葛，笔者在《浪漫的律令》译序与"何为浪漫的绝对"[1]一文中已经做过交代，在此不复赘言。两人在不同方

---

[1] 《外国美学》第34辑，江苏凤凰教育出版社，2021，页249—259。

向上的精研固然可贵，但这并不意味着贝勒尔的工作就已然被二者乃至后学们所超越。实际上众人皆无法做到贝勒尔开创局面伊始八面支撑般的周全，而恰恰是他一系列的编辑和考证工作为后人的研究奠定了坚实的基础，余者更不可能如其在世时那样直接与德曼、哈贝马斯等思想家正面交锋。另一方面，贝勒尔在反讽领域的诸多系统性的深入研究则更是令后学难以超越，其晚年集大成之遗作《反讽与文学现代性》（*Ironie und literarische Moderne*，1997），至今仍旧是国际学术界这一主题的标杆。

当前的这本小书可以看作是贝勒尔本人研究理路的总体概览，即以他一贯的反讽议题为核心，对观念史进行了简要而精当的梳理，继而回应了晚近的诸多思潮。反讽这一主题从单纯的修辞手法转向更宽泛的哲学构想，始作俑者无疑是施莱格尔，更具体地说是他对于被启蒙辩证法光芒所遮蔽的苏格拉底反讽的再发现。后现代诸家之所以看重德国浪漫派，尤其是施莱格尔的断片写作，主要也是缘于在其显露出的反讽问题当中看到了一种关于差异哲学的原初表述，借此来反对黑格尔主义这一同一哲学的集大成者（也正是在这个意义上，黑格尔终其一生对于德国浪漫派们持续的愤怒才能得到充分的理解）。故而，贝勒尔关于反讽及施莱格尔的研究，无疑是要通过还原历史语境来更准确地进入德国早期浪漫派的当代指涉这一经久不衰但又迷雾环绕的领域。

本书是由四个讲座所构成，细心的读者可以从讲座的编排中看出一种回环的反讽结构。大抵上本书可以分为两个部分，第一章和第四章构成了对"现代性话语"的当代回溯，中间两章则是其历史展开（以施莱格尔的"反讽概念"为衔接性转台）。第一章以鸟瞰当代诸思想家起手，展示了极高的把握思想要点的学术技艺，并以此作为这项研究的引论。起手处对现代性和后现代的描述提纲挈领、简明扼要，不失方家手笔。第二章和第三章都是从古今之争开始，在一种持续的时间性反讽张力中逐步引向德国浪漫派至于德里达，条分缕析地展现了现代性的整体思想进程。第四章继而又回到了首章的路径，在前三章的基础上，通过将反讽标定为"自我指涉性"，从而更深入地梳理并回应了首章出场的当代思想诸家。

之所以说这是一种反讽结构，是因为这种编排形式并非一种线性的递进，而是一种不断导向互相指涉的星丛式构造。各章在一种时间性的当下指涉中互相交叠在一起，任何一者都要在其余三者的基础上才能得到更好的理解，从而进入一种释义学循环。同时贝勒尔所引征的当代思想家之间又有诸多相互呼应，这就使得这一思想星丛呈现出极为繁杂的反讽局面,在其中任何一种正面论述的线性主体叙事就变得不再可能。贝勒尔之所以采取这种态度,无疑是想要通过对哈贝马斯《现代性的哲学话语》的戏仿来反讽地推进整个谋篇布局。细心的读者不单可以从贝勒尔所选用的标题中看出一丝对哈贝马斯那部名著的反讽式戏拟,更能在首末两章当中看到大量针对哈贝马斯削足适履式现代性叙事的论述。在这一过程中,作者看似只将哈贝马斯与别的作者一道,共同纳入了现代性的思想谱系而别无他意。但这恰恰正是反讽式的自我指涉所在,即开篇贝勒尔就点明的对现代性的论述构成了现代性本身这一事实,由此揭示了哈贝马斯的现代性话语建构这一新黑格尔主义变体并不具备跳出这一现代语境来超离地定于一尊的能力(黑格尔本人亦如是)。

那么,进一步的问题在于,贝勒尔自己关于现代性话语的这番论述本身是否也会同样陷于这一局面之中而招致反噬呢?实际上,贝勒尔试图采取一种结构化策略来避免这一悖论,但却在最终也不经意地落回"世界历史的普遍反讽"当中。他通过观念史还原,将从古至今的诸多思想家进行了一种星罗棋布般的非辩证排列,在其中没有一种不断扬弃上升的主体叙事,而只有星丛般的交互指涉。其中无人是从一而终的救世英雄(必然、辩证与统一),但却不断有人化身为邪恶巫师（偶然、反讽与团结）。然而我们也同样能发现，作者自身运思的落脚点总是频频陷于一种对德里达（这位宣告了没有最终合题的无限延异代言人）的最终表述中去，亦即是如若按照作者的反讽姿态，我们不免于要追问，"反讽与自我指涉性"何以免于"反讽的自我指涉性"？如此，我们是否只能不断解构一切在场形而上学（就近代而言，当然是主体叙事学，更大意义上自然是所谓逻各斯中心主义），然后再来解构这种解构，反讽这般反讽以至于差异化到无立锥之地？如是，这本书的标题便可以收束为《现代性的反讽话语》。

贝勒尔本人的诸多研究旨趣在这本小书中都得到了展现，除反讽问题之外，他在本书中对于尼采、海德格尔和德里达的思想也进行了令人目眩的精彩重构论证，这在《尼采、海德格尔与德里达》一书中得到了更进一步的阐发。可以说，贝勒尔始终对于尼采以降的差异哲学持一种同情的理解（与他的学生 Azade Seyhan 的 *Representation and Its Discontents* 一道，这种对于差异性的同情也被拜泽尔判定为一种后现代倾向），但同时他并没有采取后现代诸君那种学术上并不严格的阐释路径。在此双重意义上，这本小书虽然写于上世纪末此唱罢彼方起的时代语境之中，却在当下各家偃旗息鼓之际，凭借其与《现代性的哲学话语》（1985）中的启蒙理性主义线性辩证叙事所构成的反讽张力，让人得以重新冷静反思现代性这一热切的议题。这也在很大程度上重启了施莱格尔（逻辑修辞学）与黑格尔（修辞逻辑学）之争，亦即在爱智之学伊始，苏格拉底那反讽与辩证的两个身体。

最后，笔者谨在此做一简单的记述，以为思想的踪迹。在《浪漫的律令》译序结尾，笔者说希望未来还有机会能就此问题做出进一步的研究。经年来，笔者对浪漫派和现代性问题的看法可以说是延宕反复，辗转不已……既不欲随波逐流地跟随文艺理论批判的路径，在如今这个千重高原的时代继续那种宏大叙事，而纯粹的学术研究又让人不免疑虑，这样与当下和一己性命无关的信息堆砌有何意义。在这种未尝经验的无聊中仿佛不特没有什么要赞同的，并且也没有什么可以来反对。于是逐渐地，开始理解"居间性"之为何物，反讽之为何感，对于智识丛林的探究又开始显示出相对的小中窥大的乐趣，便又从无地中抬起头来，继续沿着无可谓达道的路走了下去。其间，林晖老师、沈语冰老师和徐卫翔老师给予了我万分的支持和理解，学友王睿琦、余明锋和宣明智同我进行了充分的交流和探讨，在此一并致以诚挚的谢意。

这便是这本译作和后记的由来。

壬寅岁末识于婺源

在繁复校订的过程中，我们这一代人共同的反讽记忆，米兰·昆德拉溘然离世了，与没有个性的梦游人K一道，告别了这场喧哗与骚动的圆舞曲。葛子楠、丁君君和邵建伟共同陪伴我感受了这种全新的审美现代性体验，孙宁兄给予了我智识上对于这幅世界意义图示的最大理解，希望大家都有幸能成为生活艺术家。

癸卯暖冬识于珠海

图书在版编目(CIP)数据

反讽与现代性话语/(德)恩斯特·贝勒尔(Ernst Behler)著;黄江译.—上海:上海三联书店,2024.4
ISBN 978-7-5426-8250-5

Ⅰ.①反… Ⅱ.①恩…②黄… Ⅲ.①讽刺-研究
Ⅳ.①I044

中国国家版本馆 CIP 数据核字(2023)第 184812 号

IRONY AND THE DISCOURSE OF MODERNITY

by
ERNST BEHLER

Copyright: © 1990 BY THE UNIVERSITY OF WASHINGTON PRESS

This edition arranged with UNIVERSITY OF WASHINGTON PRESS
through Big Apple Agency, Inc., Labuan, Malaysia.
Simplified Chinese edition copyright:
2024 Shanghai Joint Publishing Company Limited
All rights reserved.

反讽与现代性话语

著　　者/〔德〕恩斯特·贝勒尔(Ernst Behler)
译　　者/黄　江

责任编辑/苗苏以
装帧设计/陈岚圆
监　　制/姚　军
责任校对/王凌霄

出版发行/上海三联书店
　　　　　(200041)中国上海市静安区威海路 755 号 30 楼
邮　　箱/sdxsanlian@sina.com
联系电话/编辑部:021-22895517
　　　　　发行部:021-22895559
印　　刷/上海盛通时代印刷有限公司

版　　次/2024 年 4 月第 1 版
印　　次/2024 年 4 月第 1 次印刷
开　　本/890 mm×1240 mm　1/32
字　　数/105 千字
印　　张/6.25
书　　号/ISBN 978-7-5426-8250-5/I·1838
定　　价/69.00 元

敬启读者,如发现本书有印装质量问题,请与印刷厂联系 021-37910000